돈 빌려
드립니다

FUSION FANTASTIC STORY
The N 장편 소설

THE
LOAN
FOR
JUSTI
CE

돈 빌려 드립니다 4

The N 장편 소설

초판 1쇄 찍은 날 § 2012년 5월 22일
초판 1쇄 펴낸 날 § 2012년 5월 29일

지은이 § The N
펴낸이 § 서경석

편집부장 § 권태완
편집책임 § 박우진
디자인 § 이혜정

펴낸곳 § 도서출판 청어람
등록번호 § 제1081-1-89호
등록일자 § 1999. 5. 31
어람번호 § 제1-1392호

주소 § 경기도 부천시 원미구 심곡2동 163-2 서경B/D 3F (우) 420-822
전화 § 032-656-4452 팩스 § 032-656-4453
http://www.chungeoram.com
E-mail § chungeoram@chungeoram.com

ⓒ The N, 2012

ISBN 978-89-251-2879-5 04810
ISBN 978-89-251-2737-8 (세트)

돈 빌려 드립니다

THE LOAN FOR JUSTICE

FUSION FANTASTIC STORY

The N 장편 소설

청어람

CONTENTS

Chapter 01

돈 빌려
드립니다

A재단 사건이 터진 지 7일.

TV가 아직까지 A재단에 대해 뜨겁게 떠들고 있는 가운데, 은수는 부이사장실로 출근했다.

이사장과 부이사장 둘 다 사라져 버린 지금 원칙적으론 은수가 이사장이 되어야 마땅했지만, 그 누구도 은수를 이사장으로 추대하는 사람은 없었다.

워낙 급작스럽게 사건이 터진 감이 없잖아 있기도 하지만, 그것보단 아마 다들 은수의 소문을 듣고 눈치만 보고 있는 모양이었다.

'새로 들어온 명예 부이사장이 깡패였다는데, 진짜야?'

'몰랐어? 유명한 조폭 출신이래!'

하긴 그럴 법도 한 게, 아무 소리 소문도 없이 명예 부이사장 자리에 덜컥 앉아버린 은수다.

그것만으로도 화젯거리가 충분한데, 거기다 취임하자마자 이사장과 부이사장이 사형수 처형되듯 쑥쑥 사라져 버리고 경비팀에서 튀어나온 것으로 추정되는 '부이사장은 사실 조폭 출신이라더라' 하는 괴소문까지 합쳐져 버리니, 다들 얼씨구나 좋다고 입방아를 찧어대는 모양이다.

그렇기에 다들 겉으로는 은수에게 고개를 숙였지만, 뒤에선 그를 쑥덕대며 애물단지 취급하기 일쑤였다.

굳이 표현하자면 처리 곤란한 낙하산 같은 느낌이랄까?

그랬기에 아랫사람들은 다들 얼마 있으면 이사회에서 명예 부이사장을 찍어내겠지 하며 은수를 개 상전 모시듯 했다.

"이거 뭐 왕따도 아니고 외로워 죽겠네."

은수가 한숨을 푹 내뱉으며 의자 깊숙이 몸을 뉘었다.

마음 같아선 자기 사무실로 출근하고 싶은 은수였지만, 이사회에서 은수를 물어뜯으려 눈을 부라리고 있는지라 자리를 비우기도 뭣했다.

"의자가 뭐 이리 불편해!"

은수는 몸을 뉘이니 몸을 따라 쭉 내려가는 의자를 보곤 괜히 의자에 짜증을 부렸다.

사실 의자 자체는 엄청나게 편안했다. 아마 은수가 가격을 알면 컥 소리를 낼 정도의 명품이리라. 하지만 은수는 그런 명품 의자가 도리어 불편했다.

음식도 먹어본 놈이 잘 안다고, 살면서 이런 의자에 단 한 번도 앉아본 적이 없어 의자가 뒤로 기울어질 때마다 벌렁 자빠질 것만 같은 은수였다. 그러니 조금만 기울어져도 반사적으로 몸에 힘이 들어가 불편할 수밖에.

은수가 투덜대고 있자니 노크 소리가 들려왔다.

은수는 그 소리에 자세를 바로 했다.

"들어오세요."

"안녕하십니까, 부이사장님."

노크의 주인공은 30대 중반쯤 되어 보이는 날카로운 인상의 남자였다.

그의 이름은 김지훈으로, A재단 이사장의 비서였다. 좀 더 정확하게 말하자면 A재단 전 이사장인 구호진의 비서였다.

그렇기에 전 이사장을 쳐내 버린 은수의 입장에선 비서랍시고 나타난 지훈이 처음엔 엄청나게 불편하고 거북했지만, 지훈은 그런 은수를 비웃기라도 하듯 아무런 사적 감정 없이 일만 칼같이 처리해 줬다. 차후에 시간이 흐르자 은수는 지훈의 존재가 괜찮아졌고, 좀 더 시간이 흐르자 지훈이 없으면 곤란할 정도가 되어버렸다.

아랫사람이라곤 전부 겉으론 예, 예, 해도 자기를 무시했던
지라 일을 가르쳐 달라고 하기도 뭣했기에 어깨너머라도 일
을 배울 사람이 필요했던 은수다.

"내일 중으로 의자를 바꿔놓도록 하겠습니다."

"아, 들렸나요?"

"네."

은수는 비서의 물음에 살짝 부끄러운 미소를 지었다.

"아뇨. 괜찮습니다. 제가 익숙해지면 되죠."

"책상에 계속 앉아 계시기는 것 같기에 의자가 불편하면
곤란하지 않을까 싶었습니다."

비서는 마치 SF 영화에나 나오는 인공지능 로봇처럼 아무
런 표정 변화 없이 말했다.

"근데 무슨 일로 오셨나요?"

"오늘 결재하셔야 할 문서들을 가져왔습니다."

은수가 머리를 긁적거리곤 지훈이 들고 있는 서류철의 두
께를 훑었다. 다행히 얇았다.

아무래도 정말 중요한 안건이 아니면 결재가 올라오지도
않고 있었기에 어찌 보면 당연한 결과였다.

"현재 가장 시급하고 중요한 문서들로 결재가 올라와서 그
렇습니다."

지훈은 그런 은수의 눈빛을 읽었는지 덧붙여 말했다.

"그렇군요. 설명해 줘서 고마워요."

"예."

지훈은 은수의 말에 짧게 끊어 대답하곤 가져온 서류들을 책상 위에 펼쳐 놓았다.

"제약회사 재계약 건, 대학 서울 캠퍼스 건물 증축 건, 병원 내 상호 감시 체계 강화 건, 이렇게 세 건입니다."

은수는 일단 의약회사 재계약 관련 서류를 훑어봤다.

보기 좋게 정리된 여러 서류가 눈에 띄었지만 은수는 그런 서류의 내용보다 앞서 얼마 전 찾아왔던 제약회사 직원이 먼저 떠올랐다.

이름이나 직위보단 온갖 아부와 함께 엄청 비싸 보이는 선물덩이가 먼저 떠오르는 특이한 사람이었다.

그는 사무실에 들어오자마자 계속 들어주면 귀가 오그라들 것 같은 아부를 쏟아내더니, 그다음엔 엄청나게 비싸 보이는 넥타이핀을 성의라며 꺼내 들었다.

은수가 저게 뭔가 싶어 조용히 있으니 그 사람은 그냥 감사해서 드리는 거라며 선물을 은수 쪽으로 밀었다.

그리곤 이렇게 처음 뵀으니 얼굴 익힐 기회를 달라며 접대를 권했다.

"제가 갔던 곳 중에 여자 끝내주는 곳이 있습니다, 이사

13

장님."

혼히들 말하는 룸살롱이다.

은수는 거기까지 듣고는 더 이상 들을 가치도 없다고 판단해 그 자리에서 나와 버렸다.

그는 끝까지 뭐가 문제인지 몰랐다.

"이, 이사장님! 서, 선물이 마음에 안 드십니까?! 저, 저번 이사장님처럼 현금으로 드리면 될까요?"

하는 헛소리까지 지껄였다.

은수는 끔찍했던 상상을 뒤로하곤 킁, 소리를 냈다.

'저렇게 뇌물까지 들고 오는 것을 보니 뭔가 찜찜해. 냄새가 나는구나.'

허공에 머물던 은수의 눈이 다시 서류로 향했다.

"이 회사랑 거래한 지는 얼마나 됐죠?"

"8분기입니다.

"흠, 거래 내역서 좀 볼 수 있을까요?"

지훈은 은수의 말에 기다렸다는 듯 서류철에서 문서더미를 하나 꺼냈다.

"저번 분기 거래 내역서입니다."

"고마워요."

은수는 거래 내역서를 받자마자 슥 훑었다. 서류에는 비전공자가 봐도 확실히 알 수 있을 정도로 어마어마하게 많은 거래 내역이 적혀 있었다.

"거래가 많네요. 그리고 약도 비싸고요. 약 단가가 원래 이렇게 비싼가요?"

은수는 평소 약국에서 약을 샀던 기억을 더듬으며 말했다. 무식하다고 비웃을 만한 발언이었음에도 지훈은 전혀 신경 쓰지 않는다는 듯 은수의 물음에 답해줬다.

"네, 비싼 편입니다."

사실 의약품의 원가는 싼 편이지만, 유통 시엔 개발 연구비까지 포함되어 엄청나게 비싸진다.

단지 자주 사용되는 약품들만 국가 의료보험 처리되어 싼 가격에 소비자에게 공급될 뿐이다.

뭐, 그나마 있는 의료보험도 민영화되면 사라질지도 모르겠지마는.

"음, 비싸군요. 그럼 하나 더요. 보편적인 가격 말고 다른 회사와 비교하면 어떻죠?"

"그에 대해선 오늘 오전 내로 자료를 만들어 가져오도록 하겠습니다."

은수는 지훈의 대답에 머리를 긁적거렸다.

원랜 저게 아랫사람으로선 당연한 일 처리 방식이다. 하지만 안타깝게도 은수는 회계 문서를 볼 줄도 모르거니와 미세한 약의 효능이나 그 차이도 전혀 모른다.

한마디로 아무리 좋은 자료를 만들어 와봐야 읽지를 못한다는 말이다.

"자료까지 해오실 필요는 없어요. 그냥 의견을 묻는 겁니다."

은수가 묻자 지훈이 잠깐 고개를 갸웃거렸다.

"제 주관적인 의견을 묻는 것입니까?"

은수가 고개를 끄덕이자 지훈은 곤란하다는 표정을 지었다.

지훈도 비서로서 일한 경력이 꽤 됐기에 은수가 이 분야에서 아무것도 모른다는 사실을 A재단 내에서 제일 잘 알고 있었다. 그렇기에 어찌 보면 지훈이 이건 이렇고 저건 저렇다는 식으로 설명을 해줄 법했지만, 지훈은 불친절해 보일 정도로 주관적인 설명은 단 한 마디도 덧붙이지 않았다.

그 이유인즉슨,

"제 생각이 명예 부이사장님의 의사 결정에 영향을 미칠 것 같습니다."

어찌 보면 참으로 프로 비서다운 생각이지만, 은수는 그 얘기를 듣자마자 한숨을 푹 쉬었다.

'일 잘하는 비서는 되도 친절한 비서는 못 될 사람이네.'

"상관없으니 말해주세요. 어때 보이나요?" 지훈은 고민하는 듯 잠깐 뜸을 들였다 말했다.

"의약품이 전체적으로 비싼 가격이긴 하지만, 제가 보기에도 제왕제약의 약품은 여타 다른 회사에 비해 좀 심하게 비싸 보입니다. 지극히 제 개인적인 견해입니다만, 더 싸고 좋은 약은 여기저기 많습니다."

'역시나.'

은수는 지훈의 얘기를 듣곤 고개를 끄덕였다.

"더 싸고 효율 좋은 곳이 있으면 그곳과 거래를 하면 되지 않습니까. 왜 이 회사와 거래를 하죠?"

"전 이사장님께서 그렇게 결정하셨고, 이사회에서 아무런 반대 의견이 없었기에 그렇게 됐습니다."

은수의 표정이 삽시간에 알루미늄 캔 찌그러지듯 뭉개졌다.

"다른 싼 것 내버려 두고 비싼 것 산다는데 아무도 얘기를 안 했다고요?"

"예."

비서는 은수의 말에 짧고 굵게 대답했다.

'그 빌어먹게 아부 잘 떠는 아저씨가 여기저기 돌아다니면서 뇌물을 먹였구만.'

안 봐도 비디오다.

"재계약하지 않겠습니다. 다른 회사 알아오라고 해주세요. 훨씬 더 싸고 효율 좋은 곳으로."

비서는 알겠다고 말하곤 제왕제약 관련 서류를 전부 결재판으로 옮겼다.

"외람됨에도 감히 말씀드리자면, 이 결정에 대해선 이사회가 반발할 게 분명합니다. 그래도 괜찮으십니까?"

은수는 비서의 말에 기분이 나빠진 건지 얼굴을 잠시 찌푸렸다.

"지금은 제가 이사장 대리 아닙니까. 그리고 아직 취임을 안 해서 그렇지 이제 제가 곧 이사장이 될 텐데 그 사람들이 무슨 반대를 합니까?"

비서는 조심스럽게 입을 열었다.

"이사장님의 화를 돋우려는 것은 아니지만, 이사회가 반대할 경우 곤란한 상황이 야기될 수도 있습니다. 아무래도 명예부이사장님은 취임하신 지 얼마 안 되었고, 이사회는 재단 내에서 실질적 영향력이 막대합니다. 만약 이사회가 사사건건 이사장님이 하려는 일에 반대를 한다면 아무래도 자주 부딪칠 수밖에 없습니다."

은수는 그 말에 허탈한 웃음을 지었다.

'반대하려면 마음대로 하라지!'

뭐 자기들이 반대한다고 날뛰어 봐야 어차피 은수 앞에선 호랑이 앞에 놓인 닭과 다름없었기에 은수는 하찮다는 듯 코웃음을 쳤다.

"상관없습니다. 제 말대로 하세요."

"예, 알겠습니다. 그렇게 하겠습니다."

은수의 눈에서 분노가 흘러나왔다.

'빌어먹을 놈들! 지들이 이렇게 뇌물 처먹고 비싼 약으로 장사질 해대니까 돈 없는 사람들 병원비 올라가는 거 아냐!'

이사회 사정 따위, 은수가 알 바 아니었다.

비록 여태까지 단 한 번도 이사회와 대면한 적 없는 은수지만 대충 훑어보기만 해도 이사회가 구호진보다 더하면 더했지 절대로 덜하진 않은 천하의 개쌍놈들이란 사실을 알 수 있었다.

'어차피 나중 가면 죄다 없어질 녀석들인데, 내가 그놈들 비위 맞춰서 뭐해? 매일 뇌물 처먹는 게 일인 새끼들! 저 녀석들이 하도 처먹어대니 이 재단 휘하에 있는 학비 오르고, 병원비 오르지! 니미럴! 아주 하나만 잡혀라. 그냥 줄초상 나게 해주마.'

은수는 이를 벅벅 가는 것을 멈추고 잠깐 심호흡을 한 뒤 말을 이었다.

"네, 다음 건은 뭐죠?"

"대학 건물 증축 건입니다."

은수는 건물 증축이라는 얘기를 듣고 얼굴을 팍 찌푸렸다. 그는 대학을 다녀본 적이 없어서 잘 모르지만, 동일의 얘기를 몇 번 들은 적이 있다.

'비싸게 받아먹는 등록금, 여기저기 빠져나가겠지만, 그중 제일이 바로 건축이라니까.'

언젠가 안줏거리로 나온 우스갯소리였지만 사실이기도 했다.

학교 덩치만 불리면 학교의 위상이 높아진다고 생각하기라도 하는 걸까?

요즘 사립대학들 보면 매년 건물이 하나씩 불어난다. 아니, 무슨 지들이 브로콜리라도 되나? 한 십 년 지나면 온 도시가 대학으로 변할 지경이다.

일본 모 소설에도 학원도시라고 재밌는 거 하나 나오지 않는가. 이야, 좋다! 우리도 대학도시 한번 만들어보자! 인구의 80%가 대학생인 대학도시! 초능력 써야 되나?

"대학에 건물이 부족한가요?"

은수가 지훈의 주관적인 의견을 묻자, 지훈은 아까 한마디 들은 주제에 모르는 척 시치미 뚝 떼곤 말했다.

"조감도를 가져오겠습니다."

"그러세요."

지훈은 잠시 밖에 나갔다 돌아왔다. 그의 손에는 지도처럼 생긴 두꺼운 종이가 들려 있었다.

일단 기본적으로 A재단 자체가 의료재단으로서 성립되었

기에 그 산하에 있는 A대학 역시 의과대학이다. 좀 넓게 끼워 봐야 장례 관련과 의료 경영, 행정 정도가 전부. 그러므로 캠퍼스 당 과가 아무리 많아봐야 열 개 내외라는 소리인데…….

"건물이 열 개네요."

조감도에는 생활관 등 비학과 건물을 포함해 열 개 정도의 건물이 있었다. 그것도 엄청나게 거대한 녀석들로.

"제가 볼 때 충분해 보이는데, 이게 부족합니까?"

지훈이 곤란해하며 고개를 돌리자, 은수가 한 번 더 물었다. 지훈은 결국 대답할 수밖에 없었다.

"제 의견을 여쭙는 거라면… 충분해 보입니다."

"근데 왜 넓히자는 거죠?"

은수가 건물 증축 이유에 대해서 묻자, 지훈은 결재 서류에 적혀 있는 이유를 그대로 읽었다.

"그런 거 말고요. 자꾸 그럴래요?"

은수가 이마에 살짝 힘줄 돋우며 말하자 지훈은 한숨을 푹 내쉬었다.

"전 이사장님의 계획이었습니다."

"아, 그렇습니까? 그럼 이것도 결재 안 하겠습니다. 아뇨. 안건 자체를 폐기하죠."

지운혼 고개를 끄덕이며 알겠다고 대답했다.

"그럼 이제 남은 건 병원 상호 감시 체계 구축이네요."

은수가 기대하는 눈빛으로 묻자, 비서는 사무적인 태도로 그렇다고 답했다.

상 위에 있는 서류를 마치 맛있는 반찬 집듯 집어 든 은수는 음미하듯 서류를 정독하다 얼굴을 팍 찌푸렸다.

"이거 왜 이래요?"

은수가 되물어도 비서는 입을 꾹 다물었다.

아무리 주관적인 의견을 묻는다고 해도 대답을 해도 되는 것과 안 되는 것이 있게 마련이다. 지훈이 딱딱하다고는 하지만 그렇다고 바보는 아니었다.

지훈이 입을 꾹 다물고 있으니 은수가 다시 한 번 입을 열었다.

"이 문서 결재 올린 사람 누굽니까?"

"A대학 병원 대전지부에 있는 김고형 원장입니다."

"그러니까 그 원장이라는 사람이 이딴 걸 상호 감시 체계라고 가져왔단 말이죠?"

서류에는 뭔가 있어 보이게 잔뜩 적혀 있었지만, 전부 다 빼면 한 줄로 압축할 수 있었다.

각 지부 원장들이 다른 병원을 감시한다.

'지금 장난해? 이게 애들 소꿉장난이야?'

여태까지 A재단 돌아가는 꼬락서니 봤을 때 딱 보면 척이었다.

22

아마 이렇게 형식적인 결재 올려놓고 무슨 일 터지면 원장들끼리 모여 술 한잔 마시곤 입 쪽 맞추겠지. 그럼 감호 감시 잘됐다며 끝난다.

은수는 당장 서류를 집어 던지고 싶은 마음을 꾹꾹 눌러 참았다.

죄인은 이 서류를 올린 원장이지 앞에 있는 비서가 아니니까.

'괜한 사람에게 화풀이해선 안 되지.'

은수는 결재 서류를 북북 찢으며 낮은 목소리로 말했다.

"이 문서는 못 본 걸로 할 테니 처음부터 계획 다시 짜오라고 해주세요. 그리고 다음에도 장난질 치면 제가 직접 상호 감시 체계를 만들겠다고 전해주십시오."

"예, 알겠습니다."

비서는 고개를 숙이곤 서류를 챙겼다.

"이상 세 가지가 가장 중요한 안건이었습니다. 저번에 명령하신 대로 결재 올라온 안건 외에도 기타 사건에 대해 알려드릴까요?"

은수가 말해보라고 하자 비서는 이런저런 이야기를 꺼냈다. 대부분은 병원과 학교에 관련된 사소한 사안이 대부분이었다.

가끔 마음에 들지 않는 사안들도 나왔지만, 은수는 그에 대해 자기 생각을 말하기만 하곤 별달리 끼어들거나 하지는 않았다.

아무래도 뭣 모르고 건드렸다가는 부작용이 생길 가능성 또한 있으니 말이다.

"그럼 가보겠습니다."

비서는 은수에 대한 업무가 모두 끝나자 고개를 폭 숙이고 밖으로 나갈 채비를 했다. 은수는 그런 비서를 뚫어져라 쳐다봤다.

'그러고 보면 벌써 7일째인가?'

은수는 그런 비서를 불러 세웠다.

"저기요."

"예."

기계처럼 뒤로 돌아서는 비서.

은수는 그런 비서를 보곤 한동안 말없이 뭔가 재미있다는 표정만 지었다.

약 10초간의 침묵.

무슨 용무냐고 되물을 법한 시간이었지만, 비서는 아무 말 없이 계속 기다리기만 했다.

"사실 제 입장을 생각하면 입 꾹 다물고 있는 편이 제일 좋겠지만, 아무래도 난 그렇게 계산적인 사람은 못 되어서 말이죠. 뭣 좀 물어볼게요."

"예, 알겠습니다."

은수는 비서의 격식 차린 모습에 픽 웃었다.

"너무 그러지 말고요."

"주의하겠습니다."

원래 그런 성격인 걸까? 주의하겠다는 말도 너무 형식적이라 겨우 다섯 보 차이 거리가 마치 5억 광년 같이 느껴지는 은수였다.

"너무 딱딱해서 맘에 들진 않지만 그 정도에 만족하도록 하죠."

은수는 얼굴을 매만지며 물었다.

"왜 절 도와주시죠?"

비서는 은수가 명예 부이사장이 되고 나서 7일 동안 은수를 성심성의껏 도왔다.

은수가 모르는 게 있으면 하나하나 알려주고—비록 그게 컴퓨터가 매뉴얼 읽어주듯 가르쳐 주는 것이라 해도—은수가 추진하려는 일은 적극적으로 도와줬다.

은수의 위치와 비서와 전 이사장의 관계를 생각할 때 꽤나 민감한 질문이 아닐 수 없음에도 비서는 난감해하거나 곤란한 표정 하나 없이 얼굴에 그저 궁금증만을 띠었다.

"질문의 의미가 뭔지 잘 모르겠습니다."

"복잡하니까 대충대충 얘기할게요. 잘 들어봐요."

은수는 커흠, 하곤 얘기를 시작했다.

"그러니까… 음… 그쪽?"

"그냥 하대하셔도 괜찮습니다, 이사장님."

"네, 비서님. 그래요. 그냥 비서님 합시다."

은수는 애매했던 호칭이 정해진 게 만족스러운지 방긋 웃었다.

그럴 법도 한 게, 비서 김지훈은 대충 훑어봐도 은수보다 열 살은 더 먹었다.

처음엔 지훈에게 극존칭을 썼던 은수지만 지훈이 그걸 거부했다.

아무래도 은수는 이사장이고 지훈은 비서라는 직책이 있기에 지훈 쪽에서 불편했던 모양이다. 하지만 그렇다고 은수 성격이 나이 많은 사람을 그냥 하대할 만큼 막장이 아니었음으로ㅡ악당은 제외다ㅡ은수는 지훈을 부를 때 두루뭉술하게 불렀었다.

"어쨌든 비서님은 전 구호진 이사장과 함께 일했잖습니까? 그리고… 뭐, 제가 오고 나서, 아시죠? 근데 지금은 왜 절 도와주느냐 그 말이죠."

은수는 쓸데없는 말은 모조리 잘라내 버리고 궁금한 부분만 물었다. 지훈은 금방 저 말 속에 숨겨진 뜻을 모두 알 수 있었다.

은수가 낙하산처럼 명예 부이사장 자리에 앉자마자 타이밍 좋게 온갖 비리 사건이 터지고, 전 이사장과 부이사장이 나란히 은팔찌 차고 룰루랄라 감옥에 들어갔다.

거기다가 재단 내에서 다들 쉬쉬할 뿐이지 뒤에서 은수가 깡패라는 소문까지 나돌고 있다.

근데도 지훈은 은수를 성심성의껏 도왔다. 은수는 그게 궁금했던 것이다.

"지금은 명예 부이사장님께서 이사장 대리 업무를 보고 계시기 때문입니다."

비서는 그에 대해 아무런 망설임 없이 답했다.

아주 간단한 이유였다.

이사장 대리라서.

'간단한데?'

은수는 흥미가 동해 평소라면 하지 않았을 모험을 좀 더 해 보기로 했다.

"제가 못마땅하거나 무섭지는 않아요?"

"죄송합니다만, 질문의 의미를 잘 모르겠습니다."

"비서님, 모르는 척하지 말아요. 나도 눈, 귀 다 달려 있어요."

비서는 잠깐 침묵을 지키다 말했다.

"솔직한 심정을 말씀드리자면 저는 그 건에 대해서 아무런 생각이 없습니다. 전 이사장님의 비서입니다. 그리고 지금은 명예 부이사장님께서 이사장님의 대리 업무를 보고 계시니 그저 명예 부이사장님을 보좌하는 것입니다."

지훈은 그렇게 말하곤 미소를 지었다.

"돈 받고 일하니 값을 해야 하지 않겠습니까?"

은수는 웃음이 나왔다.

'단지 자기가 이사장의 비서라서? 재미있네.'

앞에 있는 비서는 딱딱하고 재미없는 사람이지만, 왠지 모르게 정감이 갔다.

아마 저런 성격이라면 거짓말 또한 하지 않겠지. 뭐 그게 아니라 해도 그 거짓말을 들킬 정도로 무른 사람도 아닐 테고 말이다.

전자라면 좋고 후자라면 무서운 칼을 품은 게 될 테지만, 은수는 거기까진 생각하지 않기로 했다.

지금 은수는 말 그대로 허수아비 이사장이다. 아마 다들 다른 희생양이나 방패막이가 없어서 내버려 둔 것이겠지. 그렇기에 앞에 있는 조력자가 잠정적 아군이 될지 적군이 될지 고민할 시간 따위는 없다.

'혹여 적이라도 제압하면 그만이야.'

어찌 보면 참으로 오만하고 위험천만하기 그지없는 생각이었지만, 어차피 그는 이미 인간의 범주를 벗어나기 시작한 존재다. 그 어떤 상황이 닥친다 해도 이겨낼 자신이 있었다.

'벌써 날이 서 있을 필요는 없지. 그렇게 되면 그때 생각하자.'

은수는 그렇게 생각하곤 픽 웃었다.

"전 이사장과 제 업무 처리 성향이 굉장히 다를 텐데, 신경 쓰이지 않아요?"

"사람마다 자기만의 방식이 있다고 생각합니다. 그리고 이 사장님이 어떤 방식을 가지고 있던 제가 최대한 맞추려 노력하고 있습니다."

말을 들으면 들을수록 마음에 드는 사람이 아닐 수 없다. 어찌 보면 아부로 들릴 수도 있는 말이지만, 어째 그렇게 들리질 않는다. 아무래도 시키면 당장에라도 간언을 할 것 같은 딱딱한 모습 때문이 아닐까 싶다.

굳이 단점을 뽑자면, 융통성이 조금 부족해 보이는 것 정도? 하지만 그만큼 자기 업무에 관해서 착실하다는 얘기일 테니 그것도 신경 쓸 정도는 아니다.

나쁘게 말하면 기계 같은 거고 좋게 말하면 굳은 심지를 가지고 있다고 할 수 있으리라.

'전 이사장 같은 쓰레기 같은 놈에겐 참으로 아까운 인재네.'

은수가 헤실헤실 웃으며 생각하자, 비서가 조금 곤란한 표정을 짓곤 입을 열었다.

"이제 가봐도 되겠습니까?"

"네, 그러세요."

은수는 비서가 뒤로 돌아서자 문득 그를 불렀다.

"비서님?"

"예."

"잘 부탁드리겠습니다."

"아뇨. 저야말로 잘 부탁드리겠습니다."

Chapter 02

돈빌려
드립니다

은수가 결재를 반대하고 얼마 후, 이사회가 발칵 뒤집혔다.

"그러니까 그 녀석, 올라오자마자 찍어 내렸어야 했다니까!"

고급스러운 회의장에 짜증 섞인 날카로운 목소리가 울렸다.

"그건 나도 알지요! 하지만 지금 이 사태에 그 자리에 누가 앉을 겁니까! 이 이사님이 앉을 겁니까?"

다른 사람이 짜증 섞인 목소리로 퉁명스레 답하자, 처음 소리를 지른 사람이 쿵 소리를 내곤 답했다.

"에헤이! 그래도 이건 너무하지 않았소! 세 가지 의견이 죄다 부결이오, 부결! 거기다가 제왕제약 거래 끊은 건 도대체 왜 그런 거요?"

제왕제약은 주기적으로 A재단 간부들에게 뇌물을 제공하던 제약회사다. 그리고 그 대가로 간부들은 비싼 제왕제약의 약을 대량으로 사들였다.

그 간부라는 인간들 중 이사장과 부이사장은 물론 이사들도 전부 들어가 있었다.

저들이 저렇게 분노하는 이유는 간단했다.

은수가 단지 비싸고 효율이 좋지 않다는 이유 하나로 주기적으로 뇌물을 주던 제왕제약과의 거래를 일방적으로 끊어버린 이후, 제왕제약 측에서 이사들에게 클레임을 넣었다.

물론 클레임이래 봐야 왜 그런 거냐며 성 한 번 내고 만 거겠지만, 이사들 입장에선 제왕제약과 사이가 틀어져 봐야 좋을 것 하나 없었다. 제왕제약이 주는 어마어마한 양의 뇌물은 그들에게 있어 젖줄과도 다름없었으니 말이다.

그렇기에 이사들은 다급해졌다.

처음엔 그저 당장 대신할 화살받이가 없어서 내버려 뒀던 명예 부이사장이다. 애초에 별 생각 없이 덜컥 앉았을 터라 일도 할 줄 모른다고 생각했기에 괜찮을 것 같았다.

그리고 꼴에 뭐 좀 한다고 안건을 낸다 해도 이사들이 모조

34

리 반대하며 못살게 굴면 적당히 500만 원 정도 되는 품위 유지비나 받는 것으로 만족할 거라 생각했다.

애초에 이사들이 알기에 은수는 돈 때문에 들러붙은 사채업자 깡패 놈 그 이상 이하도 아니었다.

그러니 대충 저러면 되겠다 싶어 안일하게 있었는데, 도대체 무슨 일인지 은수는 올라가는 안건마다 모조리 반대를 하기 시작했다.

"그놈, 미치기라도 한 거요?"

그럴 법도 했다. 솔직히 제왕제약 건이야 더 큰 뇌물을 받기 위해 회사를 갈아치운다고 생각하면 말이 대충 되지만, 기타 안건들을 부결시킨 건 아직까지 미스터리였다.

일단 방금 전에도 나온 부패 및 비리 방지를 위한 상호 감시 체계와 대학교 건물 증축 건.

모두 부결됐다.

저게 다가 아니었다.

A재단 이사들에게 기본으로 제공되는 자동차 정기 점검.

A재단에선 간부들에게 회사 명의인 독일제 고급 외제차를 하나씩 공급한다. 저건 그 외제차를 한 달에 한 번씩 주기적으로 점검하는 안이었는데, 은수는 이 안건도 부결됐다.

그뿐인가?

화를 버럭버럭 내며 외제차는 무슨 얼어 죽을 외제차라며 당장 저렴한 국산 소형차로 바꾸라고 대안까지 내놓은 것.

물론 이사들이 이에 대해서 결사반대를 한 까닭에 이 제도가 유지되긴 했지만, 이사들 입장에선 은수를 전혀 이해할 수 없었다.

이처럼 명예 부이사장은 올라가는 안건마다 대부분 부결했다.

정확하게 말하면 평소에 올라가던 간부들 편의를 봐주는 의견만 전부 부결됐고, 버리는 카드라고 생각했던 정상적인 안건들은 전부 다 결재 완료됐다.

그 때문에 이사들은 더욱 큰 혼란에 빠졌다.

"빨리 뭔가 대책을 세워야 하오! 이대로 가다간 모조리 말라죽게 생겼소!"

"그러면 당신이 뭣 좀 해보란 말이오! 누군 그걸 몰라서 가만히 있어?"

"그냥 일 잘하는 놈 앉혀다가 꼭두각시 시키면 되는 거 아니오? 근데, 뭐? 당신?"

"꼭두각시 같은 헛소리하고 자빠졌네! 저 부이사장 놈 끌어내고 다른 꼭두각시 앉히면 경찰이 얼씨구나 하고 달려들어서 코 들이대고 킁킁거릴 텐데, 무슨 빌어먹을 꼭두각시야!"

회의장이 소란스러워졌고, 이사들은 서로를 헐뜯었다.

"거 김필창 이사 숙부가 서울 지방경찰청장인데 그 힘 좀 빌리면 될 거 아니요?"

"아니, 김 이사님이 바보도 아니고, 그걸 일부러 안 했을 것 같소? 지금 여론이 죄다 우리 재단 뼈와 살을 분리하려고 카메라 들이대는데 잘도 경찰청장이 좋다고 감싸주겠다!"

한동안 이사들은 서로를 헐뜯으며 갑론을박했다.

상황이 이렇게 돌아가는 까닭에 은수가 이사장 대리로 앉아 있을 수 있는 거긴 했지만, 사실 재단에서 이사장의 위치는 생각보다 훨씬 더 중요했다.

법률에 의거했을 때 A재단은 학술 및 의술이란 비영리사업을 목적으로 두고 있기에 비영리 재단으로 분류된다. 그리고 그 비영리재단은 이름 그대로 이익을 목표로 하는 법인이 아니므로 재단이 번 수익 일체는 그 어떠한 형태로든 구성원에게 분배되어서는 안 된다.

다들 살면서 몇 번 들어봤을 법한 얘기다. 하지만 조목조목 곱씹다 보면 뭔가 덜컥 걸리는 부분이 있다.

재단이 번 수익 일체는 그 어떠한 형태로든 구성원에게 분배되어서는 안 된다.

그렇다면 저 이사라는 녀석들은 어째서 저렇게 부유한 걸까?

새는 돈이 있다는 얘기다.

좋은 예로 품위 유지비라든가 기본 생계 유지비, 외식비, 업무 추진비 같은 두루뭉술한 돈이 있겠다.

이사쯤 되면 금덩이라도 씹지 않으면 배가 부르지 않은 건지 저 기본 생계 유지비와 품위 유지비라는 돈이 어마어마하게 많다.

저런 돈 새는 길을 만드는 게 바로 이사장이었다. 재단 내의 원칙을 교묘하게 조작해서 이익을 나눠 갖게끔 만드는 역할 말이다.

하지만 저렇게 중요한 자리가 지금 공석이고, 그 자리를 명예 부이사장인 은수가 대신하고 있었기에 이사들이 저렇게 난리인 것이다.

자기들 밥줄 관리하는 동업자 자리에 웬 듣도 보도 못한 잡것이 앉았는데, 그 녀석을 갈아치우자니 경찰이 달려들어서 또 깽판을 칠 것 같았다.

그래서 조금만 참자며 그 듣도 보도 못한 잡것을 내버려 뒀는데, 그 녀석이 자신의 상황도 모르고 이사들의 밥줄을 끊으려 한다는 것.

지금의 상황을 이사들 입장에서 정리하자면 저랬다.

상황이 너무 파국으로 치닫자 한 사람이 책상을 세게 내려치며 외쳤다.

"그만! 시끄럽소!"

쾅 소리가 울려 퍼지자 이사들의 시선이 전부 한쪽으로 모였는데, 그곳엔 다른 이사들과는 좀 떨어진 의석에 앉아 있는 네 명이 있었다.

그들의 이름은 각각 국봉팔, 문진호, 구세진, 김필창으로서, 이사 중 권력이 제일 강한 네 명이었다.

그중 책상을 내려치며 말한 것은 국봉팔 이사였다. 원형탈모가 심하게 진행된 머리가 인상적인 남자였다.

"어떻게 하다니? 간단한 거 아닌가? 쫓아내면 되는 게요."

국봉팔이 아무것도 아니라는 듯 입을 열자, 옆에 있던 구세진이 얼굴을 찌푸리며 불쾌한 기색을 나타내며 말했다.

"문제는 방법 아니오? 지금 그 문제로 싸우고 있는데, 얘기를 아예 듣고 있지를 않는구먼?"

"말이 너무 심한 것 같습니다, 구 이사님."

"김 이사는 좀 빠져주십시오. 사람이 할 말은 하고 살아야지."

구세진이 국봉팔을 비아냥거리듯 말하자, 구세진 옆에 앉아 있던 김필창이 구세진에게 염려를 표했다. 하지만 구세진은 뭔 개소리냐는 듯 되려 국봉팔에게 한마디 했다.

"아주 한심하구만."

"이……?!"

국봉팔이 자존심이 상한 듯 이마에 힘줄을 돋아내고 말하려는 순간, 입을 다물고 있던 문진호가 입을 열었다.

"그에 대해선 내가 생각한 게 있소."

문진호가 당당하게 말하자, 이사들이 탄성을 내며 그에게 눈을 모았다.

"어떤 방법이오?"

"원래 자고로 예부터 난폭한 짐승은 채찍과 당근으로 다스리라고 했소. 그렇지 않소, 국 이사?"

문진호가 비열한 웃음을 지으며 국봉팔에게 묻자, 국봉팔이 궁금하다는 표정을 지었다.

"그래서, 무슨 생각이오? 뜸 들이지 말고 말해보시오."

"원래 남자는 여자와 술로 다스리라고 했지. 내가 그 녀석을 구워삶아 볼 테니 걱정하지 마시오."

"좋소. 그럼 당근은 그렇다 치고, 채찍은?"

"뭐긴 뭐요. 그 망나니 녀석이 부결한 것을 강제 시행하는 거지."

강제 시행이라는 말에 이사회가 잠깐 들썩거렸다.

"그래도 되는 겁니까, 문 이사님? 원칙적으로 그건……."

"안 되지. 그래서 뭐 어떻다는 거요? 녀석이 재단 원칙을 알기나 할 것 같소? 턱도 없는 소리. 그러니 아무 걱정 마시오."

김필창이 우려의 목소리를 내자 문진호는 그런 김필창을 비웃듯 말했다.

"문 이사님 말도 맞긴 하지만 지금 이사장에겐 김지훈이 붙어 있잖습니까. 그가 원칙에 대해서 이야기라도 하면 곤란하지 않을까요?"

듣고 있던 김필창이 지훈을 언급했다.

A재단의 비서이자 공과 사의 구분이 딱딱 맞는 기계 같기로 유명한 사람이다.

"하, 그러고 보니 그 로봇 녀석이 그 망나니에게 붙어 있군. 하지만 그렇다 해도 상관없소. 어차피 지금 명예 부이사장 녀석은 감투 쓴 어린애요. 계집 하나 데려와서 입에 젖 물려주고 가운데 다리 좀 놀려주면 그쪽으로 신경 다 돌릴 텐데 무슨 걱정이요?"

문 이사가 위세당당하게 말하자, 구세진이 불쾌하다는 표정을 지었다.

"결국 그 애송이한테 고개를 조아리겠다는 얘기 아니오?"

문진호는 구세진의 말을 듣고 얼굴을 한순간 굳혔지만 이내 원상태로 돌아왔다.

'앞뒤 없이 들이대는 것밖에 할 줄 모르는 저 깡패새끼랑 말싸움 해봐야 뭣 하겠어. 똥은 피하는 게 상책이지.'

"가끔은 고개 숙이는 척하는 법도 필요한 것 아니겠소?"

"쯧, 꼬리 만 개도 아니고."

구세진은 그런 문진호를 대놓고 비꼬았지만 문진호는 픽 웃고 말았다.

"그럼 문 이사와 국 이사 둘이 열심히 해보시오. 나와 김 이사는 빠지겠소."

구세진은 그렇게 말하곤 자리에서 일어났다. 김필창은 그런 구세진과 문, 국 이사를 번갈아 보며 고민했지만 금방 구세진을 따라 밖으로 나갔다.

"하, 지켜나 보시오, 구 이사!"

문진호는 국봉팔을 바라보며 비열한 웃음을 지었다.

"자, 그럼 이제 강제 시행에 관해……."

*   *   *

"흐음……."

은수가 펜을 휘적거리며 입술을 꽉 깨물었다.

"뭐 이렇게 어려워?"

은수는 지금 지훈이 만들어준 업무 매뉴얼을 공부하는 중이었다.

물론 은수가 마음만 먹는다면 영화 속 갑부 나리마냥 결재 서류 대충 훑어보고 펜만 놀려대도 재단은 어떻게든 돌아갈 테지만 그러고 싶지 않았다.

'직접 내 손으로 하지 않으면 성이 안 차.'

은수가 그렇게 머리를 벅벅 긁어가며 어울리지 않는 공부를 하고 있자니 차분한 노크 소리가 들렸다.

"예."

"손님이 찾아오셨습니다."

'손님?'

은수는 잠깐 자기에게 찾아올 만한 사람이 있는지 생각에 잠겼다.

생각나는 사람은 몇 있었지만, 그들이 딱히 이 시간에 은수에게 찾아올 이유가 없었기에 은수는 고개를 갸웃거렸다.

"누구시죠?"

"문진호 이사님이십니다."

이사라는 말에 은수의 얼굴이 구겨졌다. 은수는 아직 그 어떤 이사와도 만나본 적이 없지만, 저번 자동차 안건 때문에 그다지 인식이 좋진 않았다.

"네."

은수가 짧게 대답하자 지훈이 문을 열고 문진호를 들여보냈다.

"안녕하십니까, 명예 부이사장님."

문진호는 일부러 강조라도 하듯 명예 부이사장이라는 단

어에 힘을 줘서 말했다. 은수는 그렇게 인사하는 진호를 일부러 아니꼽게 쳐다봤다.

"예."

어차피 재단 내에서 은수는 깡패 출신으로 알려져 있었다. 어차피 그런 상황에서 은수는 딱히 진호에게 예의를 차리고 싶지 않았다.

'쯧. 꼬라지 하고는. 누가 깡패새끼 아니랄까 봐.'

문진호는 그런 은수를 속으로 헐뜯었지만, 겉으론 웃음을 띠며 말했다.

"업무 처리는 수월하신지요?"

문진호는 나름대로 예의를 갖춘 양 인사말을 건넸다.

"아, 예. 이사회 분들이 엄~ 청 신경 써주셔서 정~ 말 수월하게 처리하고 있지 말입니다."

은수는 지금 시비 거냐는 마음을 여과 이 그대로 말에 투사했다.

문진호는 은수의 말에 더욱 역겨운 미소를 지었다.

"그렇게 생각해 주시니 너무 감사하군요."

은수가 진호에게 다 들리게끔 코웃음을 쳤다.

"그나저나 무슨 일로 오셨습니까?"

"벌써 명예 부이사장으로 취임하신 지도 시간이 꽤 흘렀는데 아직 인사도 제대로 못 드렸지 않습니까? 인사나 드릴까

해서 왔습니다."

은수는 문진호의 말을 듣곤 고개를 까닥이곤 의자를 돌려 버렸다.

"알겠습니다. 안녕하게 잘 있으니 이제 가보십시오."

더 이상 대화하고 싶지도 않았다.

"에이, 왜 그렇게 쌀쌀맞게 구십니까?"

은수가 보기도 싫다는 태도를 보이자 문진호는 허리를 살짝 굽히곤 기름기 흐르는 미소를 지었다.

딱 아부하는 사람의 모습이다. 어쩜 저리도 전형적일까. 매일 밤 거울 보며 연습이라도 하는 모양이다.

"어디 가서 같이 저녁이라도 한 끼 하면서 얘기를 해보는 게 좋지 않겠습니까?"

"같이 먹을 저녁 없습니다."

"에이. 이제 같이 일하게 될 사이인데 처음부터 이렇게 으르렁대면 피차 곤란하지 않습니까?"

은수는 문진호의 말을 듣고 잠시 생각에 잠겼다. 하긴, 그의 말도 일리가 있었다.

비록 저들이 뇌물을 받아먹고 온갖 썩은 짓거리를 해대서 맘에 들지 않는 것은 사실이지만, 그렇다고 해서 저들을 모조리 처죽일 수도 없는 노릇이다.

'결국 큰 건덕지 잡기 전까진 어느 정돈 양보해야 한다는

얘긴가.'

이제 은수도 밝은 곳으로 나왔다. 그러니 언제까지나 힘으로 상대방을 짓누를 수만은 없다. 어느 정도 화합과 양보를 해야 했다. 그렇게 생각되자 은수는 불쾌감에 얼굴을 찌푸렸다.

"알겠습니다. 문 이사님 말도 어느 정도 일리는 있군요."

은수가 고개를 끄덕이자 문진호는 계획대로 되어간다는 듯 씩 웃었다.

'오냐. 네놈이 그러면 그렇지, 애송이는 애송이로구나.'

"저번 차 건은 모조리 잊어버리고 이번에 새로운 출발을 하도록 하지요."

문진호는 그렇게 약속을 잡고는 파리 마냥 손을 싹싹 비비며 퇴장했다.

진호가 퇴장하자 지훈이 방 안으로 들어왔다. 혹 필요한 것이 있거나 스케줄을 수정하게 됐을 경우 은수가 굳이 지훈을 부르지 않아도 되게 하기 위한 배려였다.

"부르려고 했는데 딱 들어오셨네요. 방금 나간 사람 누굽니까?"

"저 사람은 문진호 이사로서, 이사회 중에서도 특히 세력이 강한 네 명의 이사 중 한 명입니다."

'무슨 사천왕도 아니고……'

은수가 얼굴을 찌푸리고 있자니 지훈이 말을 이었다.

"더 자세한 정보가 필요하시다면 관련 정보를 가져올까요?"

"아뇨. 괜찮아요."

은수는 그렇게 말하고는 펜으로 책상을 두드렸다.

"아, 맞다. 내일모레 8시에 문진호 이사와 약속 잡혔습니다."

사실 은수는 시간이 굉장히 널널해 굳이 지훈이 관리해 줄 필요까진 없었지만, 혹시 지훈이 일 처리를 할 때 불편할까 싶어 배려한 것이다.

"알겠습니다."

은수는 그렇게 말하곤 지훈을 물끄러미 쳐다봤다. 지훈은 은수의 시선에 지그시 쳐다보는 것으로 '뭐 필요한 것이라도?' 하고 답했다.

"결재 올라온 거 있나요?"

은수는 '할 일 있나요?' 라고 물으려다, 그러면 왠지 하릴없는 백수처럼 보일 것 같아 일부러 돌려 말했다.

"없습니다."

"네. 그럼 외출 좀 할게요."

은수가 재단 밖으로 나오자, 그 뒤로 지훈이 따라붙었다.

은수가 고개를 힐끔 돌려 지훈을 확인하자, 지훈이 그 자리에 멈춰 은수를 쳐다봤다.

은수가 얼굴을 양손으로 쓸었다.

곤란했다.

사실 말은 외출이라고 했지만, 실상은 땡땡이치러 나온 것이었기 때문이다.

은수가 머리를 긁적였다. 그러자 지훈이 고개를 갸웃거리며 물었다.

"무슨 문제라도 있으십니까?"

"아뇨. 딱히……."

사실 그냥 개인적인 외출이란 한마디만 하면 지훈은 아무 말 없이 떨어지겠지만, 아무래도 업무 시간 중 땡땡이치는 입장이었던지라 양심상 그렇게 말을 할 수가 없었다.

"목적지가 어딘지 여쭤도 되겠습니까?"

은수가 한숨을 내뱉었다.

'뭐… 상관없으려나.'

은수가 솔직하게 말하자 지훈이 미묘한 표정을 지었다.

"곤란한가요?"

"아뇨. 더 이상 일정도 없고 결재도 없으니 괜찮습니다."

"그럼 가죠. 아, 버스 온다!"

"버스요? 잠깐, 버스라니요?"

지훈이 물음에 은수가 동문서답했다.

"뛰어요! 저거 타야 해요!"

은수가 달리기 시작하자 지훈도 끙, 소리를 내곤 따라 달렸다.

나름대로 운동 좀 한다고 자부하던 지훈이었지만, 어째 달리면 달릴수록 차이가 계속 벌어지기만 했다.

'뭐 저리 빨라?'

결국 지훈은 은수보다 한참 뒤처졌고, 결국 은수가 버스를 잡고 질질 끌어 간신히 탈 수 있었다.

"후, 근데 웬 버스입니까? 어디 가실 곳이 있으면 재단 내에 있는 운전기사를 이용하실 수 있습니다."

"그냥 개인적인 용무인데 굳이 재단 차량 이용할 필요는 없잖아요? 그리고 운전기사 있다는 건 저도 알아요. 어제도 말씀해 주셨잖아요."

"예. 잊어버리셨을까 봐 다시 한 번 말씀드렸습니다."

"그러셨구나. 그래도 개인 기사는 쓰고 싶지 않아요. 제가 뭐 대단한 사람도 아닌데 무슨 개인 기사를 써요? 그리고 제 건강한 두 다리 있고, 오천 원 한 장 있으면 가고 싶은 곳 어디든 다 갈 수 있잖아요."

비서는 은수의 말에 수긍하는 듯했지만, 그와 동시에 조금 불편한 표정을 지었다.

"그럼 앞으로도 계속 이동할 경우엔 대중교통을 이용하실 건가요?"

"네."

"그 의견에 대해선 다시 한 번 고려해 주십시오. 대중교통을 이용할 경우 이동 시간에 오차가 생길 수 있어서 일정이 틀어질 수 있습니다."

"그럼 시간 오차 정도는 생겨도 되게끔 일정을 넉넉하게 잡으세요. 그럼 되겠죠?"

지훈이 한숨을 내뱉으며 알겠다고 말했다.

그와 동시에 이 새로 바뀐 어린 이사장의 방식대로 맞춰 나가려면 적응 기간이 좀 오래 필요할 것 같은 불길한 예감이 들었다. 그래도 어쩌겠는가. 비서는 비서고 은수는 명예 부이사장인걸.

은수는 이후 버스와 지하철을 여러 번 갈아타 시 외곽으로 나갔다.

"이제 거의 다 도착한 것 같은데, 혹여 어떤 용무로 오시는지 여쭤도 되겠습니까?"

"에이 참, 궁금한 거 많으시네. 그러니까… 개인적인 용무래도요. 이거 이러다 화장실까지 쫓아올까 무서워서 오줌도 못 누겠어요."

결국 비서는 커흠, 소리를 내곤 입을 다물었다.

은수는 그렇게 지훈을 데리고 환승을 몇 번 해 달동네에 도착했다.

2000년대 서울에는 전혀 어울리지 않는, 마치 90년대에서 시간이 멈추어 버린 것만 같은 낙후된 지역.

바로 얼마 전까지 은수가 대출 사무소를 열었던 그 동네다.

그간 재단 이사장으로 바빴던 까닭에 잠시간 찾아오지 않았을 뿐인데도 다시 찾으니 이름 모를 반가움이 느껴졌다.

은수는 동네에 도착하자마자 익숙한 길을 따라 사무실을 찾았다.

'소현 씨가 잘하고 있을까?'

은수가 A재단 이사장이 됨에 따라 출근을 계속 A재단으로 해야 했고, 그런 까닭에 자연스레 대출 사무실에 갈 수 없게 됐다. 그런 까닭에 사무실을 운영할 다른 사람이 필요했고, 은수가 보기에 그 적임자는 소현밖에 없었다.

은수가 그러한 뜻을 소현에게 전하자 그녀는 토끼눈을 하곤 절대 못하겠다고 고개를 휘저었지만, 은수는 괜찮다며 소현에게 사무실을 반 강제(?)로 떠넘겨 버렸다.

그게 얼마 전 얘기다.

'잘하고 있으려나? 말은 그렇게 했어도 소현 씨가 재주가 좋으니 분명 잘 적응했겠지?'

그런 은수의 기대와는 달리 사무실이 있는 3층에 채 올라가기도 전에 소란스러운 고함이 새어 나왔다.

"아, 왜 안 된다는 거냐고!"

아무래도 소위 말하는 진상 손님이 온 모양이다. 소현 혼자라면 위험천만한 상황일지도 모르는데 은수는 느긋느긋 계단 위로 올라가 사무실 문을 열었다.

"안 된다면 안 되는 거지 뭐 말이 그렇게 많습니까?"

그러자 웬 거구 하나가 방금 소리친 것으로 보이는 남자의 멱살을 잡고 있는 게 보였다.

"곤란한 상황인 것 같은데, 자리를 피하시는 게 어떻습니까?"

은수가 그 광경을 흥미롭다는 듯 지켜보고 있자, 비서가 조심스럽게 끼어들었다. 하지만 은수는 별 신경 안 쓴다는 듯 그런 비서를 손짓으로 제지하곤 '흥미로워 보이니 잠시 구경해 보죠' 했다.

"컥! 컥! 이 어린놈의 새끼가! 너 지금 뭐하는 거야! 잘하면 한 대 치겠다? 오냐, 돈 많으면 때려봐라! 나 돈 필요한데 잘됐다, 이놈 새끼야!"

"일수 집 와서 깽판 치는 거 보니 배짱이 두둑해 보이십니다? 그 배때기에 칼 한번 꽂혀 보실래요? 앙?!"

거구가 진상 손님을 벽에다 집어 던지듯 몰아넣었다. 진상 손님은 껙, 하곤 벽에 부딪쳤다.

"아, 아니, 그렇다는 얘기는 아니고! 이, 이놈! 이, 이거 놔! 놓고 얘기하라고!"

거구는 진상 손님이 새하얗게 질린 모습을 보고서야 그를 내려놓았다. 진상 손님은 목이 자유로워지자 재빨리 사무실 밖으로 몸을 날렸다. 겁먹어 도망가는 주제에 그 와중에서도 욕설을 내뱉었다.

"쯧! 깡패 새끼! 할 줄 아는 거라곤 힘쓰는 것밖에 없는 놈!"

진상 손님이 은수의 어깨를 밀치곤 부리나케 도망갔다.

거구가 그런 남자를 뒤쫓으려고 씩씩거리며 고개를 돌렸는데, 그는 그제야 은수를 발견했는지 놀란 표정을 지었다.

"어? 형님?"

은수는 자신을 형님이라고 부른 거구에게 손을 들어 보이며 인사했다.

"에이, 형님이라고 하지 말라니까. 그러니까 내가 무슨 조폭 보스 같잖아."

"그래도 형님은 형님이십니다!"

"그만, 그만. 진영아, 나 없는 동안 별일 없었어?"

"예, 별일 없었습니다!"

하긴, 아까 나간 진상 손님이야 별일 축에도 못 낀다. 아무래도 돈 장사 하는 입장이다 보니 저런 사람이 하루에도 열댓 명씩 와댔다.

진영은 방금 같은 상황을 대비해 마련해 놓은 일종의 경비 같은 존재였다.

"그래, 여동생은 좀 괜찮아졌고?"

진영의 얼굴색이 밝아졌다.

"형님께서 신경 써주셔서 잘 지내고 있습니다. 돌봐 주셔서 감사합니다."

"별것 아닌 거 가지고 뭘. 그래, 네 여동생 많이 아픈 것 같으니까 잘 좀 해줘. 맛있는 거 많이 사다 먹이고."

은수가 머쓱하게 웃었다.

사실 진영과 은수가 처음 마주친 지는 좀 됐다.

진영과 은수는 예전 은수가 한참 사채업자들 삥 뜯고(?) 다닐 때 처음으로 만났다. 처음엔 서로 적으로 만났고, 진영은 은수에게 주먹 몇 대 맞고 너무나 쉽게 널브러졌다.

두 번째로 만난 건 대출 사무실에서였다. 진영은 순간 은수를 보고 예전의 복수를 할까 생각도 했지만, 새 출발을 하려고 마음먹었던 그였기에 그 생각을 접었다.

은수도 진영을 어렴풋이 알고 있었기에—마나의 영향으로 한 번 본 사람의 이름까진 아니어도 얼굴 정도는 흐릿하게 기억하게 된 은수였다—조폭 출신이 뭘 하려니 하고 색안경을 끼고 쳐다봤지만, 진영의 얘기를 듣고 나니 마음이 찡해졌다.

＊　　＊　　＊

  어렸을 적 진영은 가난한 편부모 가정에서 자랐다.

  가족이라곤 몸이 불편한 어머니와 여동생밖에 없었다.

  원래는 아버지도 있었지만, 그는 아내의 병세가 심해지자
어느 날 갑자기 미안하다는 글귀 하나만을 남기고 도망가 버
렸다.

  그때가 겨우 진영이 열일곱 살 때였다.

  이후 진영은 어린 나이에 가장이란 무거운 책임을 떠안을
수밖에 없었다.

  그만큼 집의 기둥이던 아버지의 빈자리가 컸다.

  그는 이제 늙고 병든 어미와 골골대는 여동생을 먹여 살려
야만 했다.

  그래서 다니던 고등학교를 자퇴하고 일자리를 구하려 했
지만 세상은 고등학교를 자퇴한 인상 험악한 덩치를 곱게 보
지 않았다.

  결국 그는 서비스직에서 치이고 치여 결국 막노동판으로
쫓겨났다. 그래도 열심히 개미처럼 일했다.

  허리가 부러질 듯 아파도, 손에 물집이 잡히고 고름이 나와

도. 하지만 어머니와 여동생의 병세는 계속해서 악화되기만 했다.

진영은 절망했다.

사춘기 무렵의 여린 마음은 이미 험한 세상에 부딪쳐 찢기고 조각나 걸레조각이 되어버렸고, 꿈과 희망으로 가득 차야 할 머리는 이미 절망과 고통밖에 남지 않았다.

그래서 평생 후회할 실수를 해버렸다.

어느 주말, 진영은 평소와 같이 병원에 입원해 있는 어머니의 문병을 갔다. 대화가 없는 무거운 침묵이 몇 시간. 문득 그의 어머니가 입을 열었다.

"미안하다. 이 못난 어미가 미안하다. 나 때문에 네가 고생하는구나. 내가 일찍 죽어버려야지. 그래야 너랑 네 동생이라도 잘살지."

진영은 어머니의 말에 울컥했다.

어머니의 말이 진심이 아니라는 걸 알면서도 그의 머릿속엔 온갖 고통스럽고 끔찍했던 기억만 떠올랐다.

그리고 그 기억들은 진영이 죽을 때까지 후회하게 될 말을 내뱉게 만들어 버렸다.

"엄마, 미안하다고? 미안한 걸 알아? 그럼 죽어! 죽어버리라고! 솔직히 지금 우리가 이렇게 된 건 전부 엄마 때문이잖아! 엄마가 아파서! 엄마가 아파서 아빠가 도망갔어! 그리고 나도 뼈가 부서지게 일해야 했다고! 엄마가… 엄마가 동생을 허약하게 낳아서 동생도 죽어가고 있어! 이게 다 다 엄마 때문이라고! 죽어! 차라리 그럴 거면… 죽으라고! 제발… 날 이 고통 속에서 꺼내줘…….”

진영은 그렇게 말하고 병원을 뛰쳐나왔다. 아무 생각 없이 다리가 부서지고 심장이 터질 것 같을 때까지 달렸다. 그리고 혼자 구석에 앉아 쓰린 속을 술로 달래며 내일 사과해야겠다고 마음먹었다.

하지만 사과 따윈 할 수 없었다. 다음날 어머니가 돌아가셨다.

진영은 울부짖었다.

집에 돈이 없어 장례식 없이 바로 화장했다.

찾아온 사람은 친척 몇 명이 다였다. 그들 역시 의무적으로 얼굴을 비춘 것뿐, 그들 중 누구도 진영에게 위로의 말을 건네거나 거둬준다는 말은 하지 않았다.

이후 진영과 동생은 열심히 살아보려고 했다. 하지만 얼마 후 여동생의 병세가 눈에 띌 정도로 빠르게 악화되기 시작했다. 어머니와 같은 병이었다. 의사 말로는 어머니의 병이 유전된 거라고 했다.

진영은 심장이 덜컥 내려앉는 것을 느꼈다. 이제 여동생은 그에게 한 명밖에 남지 않은 가족이다.

살리고 싶었다. 죽게 내버려 두고 싶지 않았다. 그렇기에 필사적으로 일했다. 여동생을 살리기 위해선 비싼 병원비와 약값을 대야 했다.

하지만 아무리 밤낮으로 일해도 돈이 부족했다.

진영은 다시 절망했다. 그는 여동생이 어머니처럼 자기 곁을 떠날까 봐 두려웠다. 그래서 매일 밤 악몽을 피하기 위해 술을 마시기 시작했다.

그러던 어느 날, 술에 취해 있는 진영에게 험악해 보이는 남자가 시비를 걸었고, 진영은 술김에 그 남자를 때려눕혔다.

나중에 안 사실이었지만, 진영이 때려눕힌 상대는 조직폭력배였다. 그 조폭은 얼마 후 사람 한 명을 데리고 진영에게 다가왔다. 그의 정체는 조직폭력배의 행동대장이었다.

행동대장은 덩치가 좋은 진영을 몇 번 훑어보곤 자기 밑에서 일해볼 생각이 없느냐고 물었다.

진영은 그렇게 조직폭력배가 됐다.

처음엔 누군가를 위협하고 돈을 갈취한다는 것에 죄책감을 느꼈다. 하지만 그것도 잠시, 그 죄책감은 여동생에 대한 걱정과 세상에 대한 분노에 묻혀 금방 사라져 버렸다.

이후 진영은 여동생을 살리기 위해서 어쩔 수 없다고 합리화하며 건달 짓을 하며 살았다.

그렇게 3년. 진영은 은수를 만났다.

이후엔 위에 적힌 것처럼 몇 대 맞고 쓰러지고, 새 출발을 하기 위해 은수를 찾아 돈을 빌렸다.

그 일이 있은 후 은수는 진영의 이야기가 딱해 그의 여동생을 몰래 찾아가 재생 마법을 걸었다.

물론 저번에 일어난 승현 같은 상황을 방지하기 위해 마법을 여러 번에 걸쳐 거는 것도 잊지 않았다.

그렇게 이야기가 마무리되려는 찰나, 은수가 이사장이 됐고, 은수는 사무실에 남자 한 명 필요하지 않을까 싶어 진영에게 새로운 직업을 제안, 진영이 받아들여서 이런 상태가 된 것이다.

* * *

"어? 사장님 오셨어요?"

은수와 진영이 얘기하고 있자니 소현이 둘을 발견하고 다가왔다.

"얼마 되지 않았는데 진짜 오래간만에 뵙는 것 같네요. 그나저나 오기 전에 말씀이라도 하시지 그랬어요. 아무것도 준비 못했잖아요."

소현이 장난스럽게 웃으며 은수를 툭 치자, 은수도 그에 웃음으로 답했다.

"원래 제 사무실이라 차릴 거 하나 없는 건 제가 제일 잘 아는데요, 뭐. 그냥 몸만 오면 되죠."

소현은 은수의 말에 방긋 웃곤 눈만 살짝 돌려 비서를 쳐다봤다.

"근데 뒤에 계신 분은 누구세요? 같이 오신 것 같은데."

"아, 제 비서님이세요. 소개해 드리는 걸 깜박했네요. 이쪽은 김지훈 비서님이고, 이쪽은 차례로 진영이, 소현 씨예요."

지훈은 은수가 자기를 소개하자 조금 당황했다.

그가 모시던 사람들은 전부 그를 공기 취급하거나, 옆에 두고 쓰기 좋은 도구 정도로밖에 생각하지 않았었다. 그렇기에 누군가를 기억해 두란 의미에서 어느 어느 분이시다 했던 적은 있었지만, 이렇게 직접적으로 소개를 받은 적은 없었기 때문이다.

"안녕하십니까? 이사장님의 개인 비서 김지훈입니다."

과연 베테랑답게 지훈은 금방 당황스런 기색을 지우곤 평소처럼 무뚝뚝하게 인사했다.

"안녕하세요. 피소현이에요. 앞으로 자주 뵙겠습니다, 지훈 씨~"

"김지훈 형님! 알겠습니다!"

소현은 지훈에게 친근함을 표시하기 위해 '지훈 씨'라는 호칭을 붙였고, 진영은 지훈을 형님이라고 칭했다.

"형님이라뇨?"

지훈은 깜짝 놀라 말했지만, 진영은 그에 당연하다는 듯 말했다.

"은수 형님의 비서님이니 제게는 형님이십니다!"

딱 느낌이 조폭식 인사다. 지훈이 그런 진영에게 쩔쩔맸다.

'명예 부이사장님께서 깡패니 조폭이니 했던 소문이 역시 헛소문은 아니었던 건가.'

은수는 지훈의 그런 모습을 보곤 난처한 웃음을 지으며 끼어들었다.

"진영아, 그… 아무래도 형님이란 호칭은 좀 그런 것 같아. 그러니까 그냥 편하게 불러."

"아, 그렇습니까, 형님? 그럼 저도 사장님이라고 부르겠습니다!"

진영이 그에 사장님이라고 호칭을 바꾸자 어째 전보다 조폭 느낌이 훨씬 강해졌다.

뭐랄까, 돈 안 갚으면 당장에라도 한강에 집어 던져 줄 깃 같은 사장님이라고 하면 딱 이미지가 맞으려나?

"그… 아니, 그것도 좀. 그냥 형이라고 해, 형."

"예, 형! 알겠습니다! 다음부턴 그렇게 하겠습니다!"

진영이 고개를 90도 가까이 푹 숙이며 인사했다.

자기 딴에는 자기 여동생 챙겨주고 분에 차지도 않는 월급 꼬박꼬박 줘가며 써주니 고마움을 나름대로 깍듯이 표현하는 것이었지만, 아무래도 받는 입장에선 부담스럽기 그지없었다.

특히 더 그럴 것이, 소현에게는 누나, 누나 하면서 강아지마냥 잘 따르는 주제에 은수만 보면 형님, 형님 하며 고개를 픽픽 숙여댄다.

"그나저나 그간 별일 없었어요?"

은수가 부담스러움을 없애기 위해 슬그머니 소현에게 묻자, 소현은 방긋 웃으며 긍정했다.

"네, 별일 없었어요. 처음 며칠만 힘들었지 몇 번 하다 보니까 노하우가 생기더라고요. 저 사실은 사채업에 천부적인 소질을 가지고 있는 게 아닐까요?"

은수는 소현의 그런 모습이 허탈한 웃음을 지었다.

"어쨌든 잘 적응하신 것 같아서 다행이네요. 진영아, 너도 잘하고 있고?"

"예. 와서 난동치는 놈들한텐 그대로 돌려주고 있습니다."

그대로 돌려준다? 저 산만 한 덩치로 소리만 꽥 질러도 살벌한데 손찌검까지 하면 그야말로 지옥일 게 분명한데……

뭐, 아무럼 어떠랴. 방금 전도 보니 그만큼 효과는 좋은 모양이다.

"사장… 아니, 이제 이사장님이시죠. 이사장님은 요즘 어떠세요?"

소현이 헤죽 웃으며 물었다.

"이사장은 뭘요. 그냥 대리 업무나 보고 있는 건데요, 뭐."

"겸손이 심하시네요."

은수가 부끄럽다는 듯 한 발 빼자, 이미 다 알 것 다 알고 있는 소현은 그저 여우웃음만 지었다.

"우와! 형님, 진짜로 재단 이사장님이 되신 겁니까? 대단하십니다! 저는 그냥 소현 누나가 웃으라고 한 소린 줄 알았습니다."

진영은 30초 만에 형에서 형님으로 호칭을 원상복귀하며 놀랐다.

"에이, 왜 이렇게 비행기를 태우실까들. 이러다 하늘 넘어 우주까지 가겠네요. 그러면 비행기 터져서 나 죽어요."

"자자, 알겠습니다, 이사장님. 이제 재단 얘기 좀 해주세요. 진짜 드라마처럼 막 사람들이 고개 꾸벅꾸벅 숙이고 그래요?"

소현은 은수에게 물으며 몸을 테이블 쪽으로 옮겼다. 은수는 그런 소현을 뒤따라가며 말을 이었다.

한동안 수다가 이어졌다.

소현은 그간 있었던 온갖 재미있는 일들을 와르르 쏟아냈고, 은수도 그 얘기를 들으며 미소를 지었다.

'다행히 내가 없어도 잘 돌아가는 모양이야.'

은수는 사무실에서 즐거운 시간을 보내곤 저녁 어스름이 돼서야 밖으로 나왔다.

대중교통을 이용하여 귀가하는 도중, 문득 지훈이 물었다.

"명예 부이사장님."

"왜 그러세요?"

"궁금한 게 몇 가지 있습니다."

"네. 신경 쓰지 말고 팍팍 물어보세요."

"아무리 개인적인 용무라지만 저희가 여섯 시간이나 써가며 이곳에 찾아온 목적이 뭐였지요? 아무리 생각해 봐도 잡담을 한 것밖에 생각이 나질 않습니다."

진지하게 묻는 지훈. 은수는 그런 지훈을 보며 등 뒤로 식은땀을 흘렸다.

아마 성격으로 보건대 비꼬거나 할 리는 없다. 아마 정말로 단순히 궁금해서 물어본 거리라.

"때, 땡땡이치러 왔는데요?"

그렇기에 은수도 아무런 거짓 없이 속마음 그대로 말했다.

"네?"

되묻는 지훈. 허탈하게 웃는 은수.

"때, 땡땡이요?"

"네. 하, 하하하!"

지훈이 양손으로 얼굴을 쓸어내렸다.

Chapter 03

돈빌려
드립니다

일(?)을 마치고 돌아온 은수는 오래간만에 인왕산을 찾았
다.

"얼마만이지?"

처음엔 항상 인왕산에서 마법 수련을 했지만, 점차 은수의
실력이 늘기 시작하면서부턴 뜸하기 시작하다가 어느새부턴
지 전혀 찾지 않게 되어 버렸다.

솔직히 그럴 법도 한 것이, 처음에야 집중이 조금이라도 흐
트러지면 언제나 억제력에 두들겨 맞기 일쑤였지만 어느 정
도 실력이 늘자 실패 확률도 적어졌다.

거기다 만약 억제력이 나타난다 한들 은수가 적당한 부분에서 멈춰 억제력을 최소화했기에 소음이나 주변을 소란스럽게 할 일이 벌어지지도 않았다. 그러니 굳이 힘든 발걸음을 해서 산까지 찾아올 필요가 없었던 것이다. 하지만 그만큼 단점도 있었으니…….

'역시 전투 마법 수련할 땐 여기가 최고다.'

집이나 사무실에서 조용히 혼자 연습할 경우엔 고위 마법이나 파괴계 마법을 연습할 수 없었다. 기껏 해봐야 변이계나 정신계 마법이 고작이었다.

"오래간만에 오니까 기분 좋네."

은수는 익숙한 산길을 올랐다.

처음엔 등산로를 타고 산 중턱까지 올랐다가 어느 순간 등산로를 이탈, 산 깊은 곳으로 들어가 익숙한 X자 모양으로 죽어 있는 고목나무를 지나 가파른 비탈을 미끄럼 타듯 내려가 낙엽이 산처럼 쌓인 조그마한 분지로 몸을 날렸다.

은수가 슝 하고 낙엽 침대로 떨어지자 낙엽들이 마치 놀란 새처럼 파스스 날아올랐다.

은수는 느릿느릿 떨어지는 낙엽들을 보며 살며시 미소를 짓길 잠시, 금방 일어나 굴로 들어갔다.

"어디 보자."

은수가 도착하자마자 제일 먼저 한 것은 바로 돈이었다.

갑자기 돈이라니 하고 무슨 소릴까 싶을 수도 있지만 이건 은수 나름대로 일종의 방문자 확인 장치였다.

생각해 보자.

등산로에서 벗어난 곳, 조그마한 굴 안에 오만 원 지폐 한 장이 놓여 있다면? 대부분은 그냥 날아왔거니 하고 줍는다.

"아무도 안 왔나 보네. 다행이다"

뭐 굴에 귀중품, 혹은 시체 같은, 목격자가 생기면 위험한 물건을 보관한 것은 아니었지만 그래도 다른 사람이 보면 곤란한 게 한 가지 있었는데, 그건 바로 굴이 넓어지고 있다는 사실이었다.

그 증거로 처음엔 그냥 계단 밑 창고만 했던 굴 크기가 지금은 집 한 채 들어가도 될 정도로 커져 있었다.

은수는 한 번 굴에 올 때마다 그간 부리지 못했던 온갖 험악하기 그지없는 마법을 맘껏 부려댔다.

한번 발동될 때마다 TNT 터진 것처럼 큰 폭발이 일어나거나 태풍이 불어 닥치거나 하는 등 어마어마한 일이 벌어지는데, 그 어마어마한 회력을 굴이 모조리 받아내기엔 무리가 있었던 것.

'딱히 별 문제는 없지만 만약이라는 게 있으니까.'

은수는 돈이 예전 그 자리에 그대로 있는 것을 확인하곤 굴 안으로 들어갔다.

들어가자마자 심호흡을 하자 돌, 삭은 낙엽, 흙, 먼지가 적당히 섞인 굴 특유의 냄새가 느껴졌다.

다른 사람이라면 그다지 좋아할 냄새는 아니었지만, 은수는 그 냄새를 맡자 기분이 좋아졌다.

굴에 도착했다는 것은 곧 마법을 사용할 수 있다는 얘기였으니까.

"자, 그럼 시작해 볼까."

은수가 굴 안으로 몸을 날리며 마법을 영창했다. 양손을 기묘하게 움직이고 머릿속에선 술식을 연산했다.

"*Moonding's Tõusvad sarv veerg*(문딩의 솟아오르는 뿔기둥)!"

은수가 마치 사자후 내지르듯 마법 주문을 외치자, 갑자기 땅속에서 뾰족한 돌기둥 하나가 쑥 튀어나왔다. 길이는 약 1m 정도에 둘레는 바닥 지름이 약 50㎝ 정도였다.

얼핏 보면 마법으로 만든 게 겨우? 할지도 모를 만큼 작았지만, 저게 사람 몸에 틀어박히는 용도로 쓰일 녀석이라면 얘기가 달라진다.

만약 발끝부터 저게 다 박힌다면 사람 다리 한쪽을 완전히 날려 버릴 수도 있는 위력이다.

은수는 만족스러운 표정을 지었다. 하지만 그것도 잠시, 은수는 돌연 그 기둥에 미들 킥을 날렸다.

아무리 은수의 신체가 재정비되었다곤 했지만, 멍청한 행동이 아닐 수 없었다.

저 무식한 힘으로 바위기둥을 때리다니? 다리가 부러질 게 분명했다.

하지만 빠각 하고 엄청난 소리를 내며 부러진 건 돌기둥이었다.

"후으!"

돌기둥을 일격에 두 조각을 내는 미들 킥이라니? 과연 살벌하지 않을 수 없었다.

만약 저딴 발차기를 사람한테 한다면 사람 몸이 만화에서처럼 쑥 들어가는 끔찍한 풍경을 실제로 볼 수 있을지도 모른다.

하지만 굉장한 만큼 부작용도 있었다.

"악! 꽤 아픈데?"

신체 재정비로 인해 힘이 세지긴 했지만, 그렇다고 해서 육체 자체가 강철처럼 단단해진 것은 아니었다. 예전에 비해 뼈가 단단해지고 근육이 튼튼해지긴 했지만 뼈와 살은 어디까지나 뼈와 살이었다.

은수는 바지를 살짝 들어 정강이를 확인했다. 그러자 바지 사이로 살짝 뭉그러진 강철 각반이 보였다.

"끙, 안 되겠다. 역시 영화처럼 맨몸으로 강철을 찢는다거나 하는 건 안 되나 보네."

하지만 저건 단지 은수의 기대치가 높은 것일 뿐, 지금 은수의 육체는 객관적으로 따졌을 땐 이미 짐승 수준을 벗어나 기계 수준이었다.

단편적인 예를 들자면, 예전 은수가 체육관을 다닐 때 호기심에 샌드백을 있는 힘껏 발로 차본 적이 있다. 그 샌드백은 차에 치인 것처럼 걸레가 되어버렸다.

그뿐인가?

언젠가 스파링을 했을 때, 은수가 기술이 부족했던 까닭에 일방적으로 두들겨 맞은 적이 있었다.

그에 은수가 분노, 힘 조절 없이 있는 힘껏 상대방을 후려쳤다.

적은 은수의 주먹을 완벽하게 가드를 했지만 뼈에 금이 갔다.

이후 은수는 될 수 있으면 사람이나 부서지면 안 되는 물건에는 자기 힘을 제대로 써본 적이 한 번도 없다.

근육질도 아닌 은수의 보통 몸에서 나온다고는 믿을 수 없는 힘이었다.

"자, 그럼 다시. *Kääitades sülg(끓어오르는 타액)!*"

마법이 완성되자 갑자기 역겨운 구토감이 느껴지더니 갑

자기 목을 타고 뭔가가 쑥 올라왔다. 은수는 그것을 아무런 거리낌 없이 뿜어냈다.

그러자 불투명한 흰색 액체가 은수의 입을 중심으로 방사형으로 퍼졌다. 그 타액은 땅에 떨어져 불쾌해 보이는 연기를 내뿜으며 부글거렸다.

"이 마법은 쓸 때마다 영……. 토하는 것도 아니고 이게 뭐야."

은수는 그렇게 중얼거리며 머리를 좌우로 흔들어 입에 묻은 액체 잔재를 털어냈다.

이후 은수는 마음껏 마법을 부려보고 덤으로 체력 단련도 하고 난 뒤에야 하산했다.

*   *   *

시간이 흘러 약속 당일.

은수는 재단에서의 업무를 마치곤 문진호 이사와의 약속을 위해 자동차에 올랐다.

"에이, 꼭 이 차 타야 해요? 이거 연비도 안 좋잖아요."

은수는 A재단 이사장 전용 고급 외제차에 올라타며 툴툴거렸다.

"혹시 이번에도 대중교통을 타자고 하실 생각이십니까?"

"네. 좋잖아요?"

지훈은 당연하다는 듯 고개를 끄덕이는 은수를 마치 엄마가 벽에 립스틱으로 낙서를 잔뜩 해놓고 해맑게 웃는 딸 보듯 쳐다봤다.

"틀린 말씀은 아닙니다만… 대중교통은 시간 오차가 너무 크잖습니까? 가격에 대한 시간의 기회비용이 너무 비쌉니다."

"그래서 제가 재단 차를 전부 다 경차로 바꾸자고 했잖아요."

"끙."

머리가 아파오는 지훈이었다.

차는 금방 약속 장소인 고급 룸살롱에 도착했다.

은수는 룸살롱을 슥 훑어보며 눈살을 찌푸렸다.

"무슨 약속 장소를 이딴 곳으로 잡아?"

룸살롱. 원래는 방을 뜻하는 영어 Room과 서양풍 객실을 의미하는 프랑스어 Salon을 어떤 허세밖에 없는 머리 빈 사람이 있어 보이려 섞어 쓰기 시작하면서, 언제부턴가 두루 쓰이게 된 은어다. 하지만 근래에 들어선 그 어원이고 나발이고 신경 쓸 것 없이 호화로운 방에서 여자 끼고 술 먹는 장소로 주로 통한다.

은수는 고개를 들어 올려 빌딩 숲 너머 하늘을 쳐다봤다. 노을이 지긴 했지만, 아직 해도 떨어지지 않은 이른 시각이었다. 은수가 얼굴을 찌푸렸다.

"A재단의 이은수 명예 부이사장님이십니까?"

은수가 얼굴을 찌푸리곤 룸살롱에 들어가기 직전 문지기로 보이는 남자가 물었다. 은수는 그에 간단하게 고개를 한 번 끄덕이는 것으로 긍정했다. 그러자 문지기는 최대한 티 나지 않게 눈만 굴려 은수를 위아래로 훑었다.

명예 부이사장이라고 부르기엔 엄청나게 젊은 나이에, 양복은커녕 청바지에 셔츠만 걸친 모습의 은수.

문지기는 이미 은수가 편한 복장으로 다닌다는 사실을 통보 받았는지 은수의 겉모습에 아랑곳하지 않았다.

"문진호 이사님께서 기다리십니다. 안내해 드리죠."

문지기가 꾸벅 인사를 하곤 먼저 계단으로 내려갔다.

아직 개장도 하지 않은 건지 지하 매점 특유의 유도등이 전부 꺼져 있었다.

문지기는 계단을 다 내려가선 문 너머로 특이한 방법으로 노크를 했다.

주먹 바닥으로 세 번 쿵, 주먹 끝으로 두 번 똑, 마지막으로 주먹 바닥으로 한 번 쿵.

노크가 끝나자 문이 열리며 문지기와 같은 옷을 입은 남자가 나타났다.

문지기는 그 남자에게 가벼운 눈인사를 한 뒤 익숙한 발걸음으로 어두운 룸살롱 복도를 걷기 시작했다.

'뭐 이렇게 어둡고 복잡해.'

룸살롱 안은 굉장히 어둡고 복잡한 구조였는데, 조도는 길실루엣만 보일 정도밖에 되지 않았고, 길도 마치 미로처럼 뱅뱅 꼬여 있었다.

문지기는 이러한 상황에 익숙한지 단 한 번도 망설이거나 어디에 부딪치지 않고 일행을 문진호가 있는 방 앞에 안내했다.

지훈은 방 앞에 도착하자 번호만 확인하곤 조용히 밖으로 물러섰다.

"전 그럼 약속이 끝날 때까지 기다리겠습니다."

은수는 그런 지훈에게 고개를 끄덕이곤 노크를 한 뒤 문을 열고 들어갔다.

"오, 이거 명예 부이사장님 아니십니까?"

문진호는 은수를 반기며 일어나 양손을 싹싹 비비며 웃었다.

'예부터 남자는 술과 계집으로 다루라고 했지. 네 녀석을 아주 구워삶아주마.'

나름대로 반갑다는 표현을 한 듯싶었으나 은수의 얼굴엔

그저 비열해 보이기만 했다.

'참 언제 봐도 벼룩같이 생긴 놈이야.'

은수는 그런 문진호에게 쌀쌀맞게 인사하곤 자리에 앉았다.

"예. 그간 잘 지내셨습니까?"

"아구~ 저야 잘 지냈습지요! 이거 이사장님께서 절 생각해 주시니 몸 둘 바를 모르겠습니다."

문진호는 저번에는 명예 부이사장이라고 또박또박 강조하며 말한 주제에 지금은 또 이사장이라고 말했다.

은수가 기분이 나빠져서 말했다.

"이사장이라뇨. 말은 똑바로 하셔야죠. 전 명예 부이사장입니다."

"에이, 뭘 또 그러십니까? 솔직히 지금 직책이야 명예 부이사장이지만… 실질적인 이사장님 아닙니까?"

문진호가 씩 웃었다. 은수가 그에 뭐라 가시 돋친 말을 내뱉으려는 찰나, 문진호가 먼저 입을 열었다.

"자, 자, 이 자리는 화합과 화해를 위한 장소가 아닙니까, 이사장님. 그러니 사소한 것은 신경 쓰지 마시고, 한잔 받으십시오."

진호가 양손으로 은수에게 술잔을 건네곤 딱 봐도 '나 비싼 녀석이오'라고 광채를 내뿜는 양주를 능숙하게 개봉해 은수가 든 술잔에 따랐다.

"자, 이제 저도 한잔 주십시오."

그리곤 자기 잔을 은수에게 들이미는 진호. 은수는 그런 진호가 얄미워 술병을 입에다 꽂아버리고 싶었지만 꾹 참았다.

그만큼 진호의 위치는 참으로 미묘했다.

은수는 적을 처벌할 때 나름대로의 선과 악의 기준을 두고 있었는데, 진호는 딱 중간에 위치해 있었다.

A재단 이사로서 비열한 짓은 했지만 그렇다고 어마어마하게 큰 악행을 한 것은 아니다. 따지자면 말 그대로 벼룩 같은 존재랄까? 분명 해롭기는 하지만 큰 위협은 아닌 존재.

그렇기에 은수도 어쩔 수 없이 진호와 어울려 주는 척하며 한발 물러난 것이다.

이제 은수는 A재단의 명예 부이사장이라는 공석에 앉았다. 이제 더 이상 예전처럼 단지 마음에 들지 않는다는 이유로 초월적인 힘을 이용해 사람을 해코지할 순 없었다.

"감사합니다. 자, 그럼 이제 건배!"

진호는 은수가 술을 따라주자 마치 조선시대 임금에게 술 하사받는 신하마냥 굽실거리며 잔을 받곤 조심스럽게 은수에게 건배를 권했다. 은수는 마지못해 건배를 한 뒤 술을 쭉 들이켰다.

술이 한잔 들어가자 입을 열기 쉬워졌는지 이후 진호는 한동안 입에 모터라도 단 듯 은수에게 아부를 하기 시작했다.

"어이쿠~ 어쩜 그렇게 미남이십니까, 이사장님~ 그리고 역시 젊으신 분이라 그런지 술도 잘하시는가 보군요~"

그러고 보니 마법을 배운 이후 아무리 술을 마셔도 취한 적이 없는 은수다.

원래 신체가 재정비되기 전에도 술이 센 은수였는데, 마법을 배훈 이후 몸이 강화되었으니 아무래도 알코올에 대한 내성이 더욱 강해진 모양이다.

아마 기세로 보건대 미약한 독약까지 전부 분해할 가능성이 높았다. 물론 굳이 실험을 해보거나 하진 않아 정확하진 않지만 말이다.

어쨌건 은수는 진호의 아부에 눈살을 찌푸렸다. 술을 잘 마신다는 것이야 그렇다 치지만 잘생겼다니?

'아주 눈탱이가 맛탱이가 갔구만.'

사실 은수는 그닥 잘생긴 편은 아니다. 굳이 따지자면 남자답게 생겼다고 해야 옳겠다.

쌍꺼풀 없는 작은 눈, 낮고 긴 코. 거기다 입술은 두툼하고 넓다.

"술을 너무 많이 마시셨나 봅니다."

비꼬듯 농을 던지는 은수. 진호는 그 농담이 재미있다는 듯 낄낄대며 웃었다.

"좋은 술이 앞에 있으니 많이 마셔야 하지 않겠습니까?"

은수는 제 술잔에 술을 따르며 웃는 진호를 기분 나쁘게 쳐다봤다. 기분 나쁘라고 던진 말인데 어째 웃음으로 돌아왔다.

'이거 뭐 벽에 대고 공 던지는 것도 아니고.'

제 술잔에 술을 따른 진호는 은수에게 술병을 향했다.

"자, 다시 한잔. 이번엔 언더로 마셔보시는 게 어떻습니까?"

"마음대로."

은수가 언더락 전용 잔을 내밀자 진호는 알아서 잔에 얼음 두 개를 넣곤 술을 부었다. 그러자 좋은 소리가 나며 술이 차올랐다.

"자, 건배!"

다시 한 번 짠 하는 소리가 나고, 둘은 양주를 들이켰다. 아까와는 또 다른 오묘한 양주의 맛과 향이 은수의 코와 목을 쓸고 지나갔다.

'흠, 아까 스트레이트보단 이쪽이 낫네. 그래도 난 맥주가

더 좋다.'

은수가 이번 잔을 마시고도 기분 좋은 내색이 없자 진호는 캬, 소리를 내며 슬며시 눈만 굴려 은수를 살폈다.

'이놈 봐라? 이 맛있는 술을 마시고도 아무런 변화가 없구만. 그렇다면?'

진호는 그렇게 은수의 잔을 채워주곤 테이블 위에 있는 벨을 눌렀다.

"에그, 이사장님~ 이거 역시 술 먹을 때엔 다리털 수북한 남자보다야 오빠, 오빠 하는 애들이 따라주는 게 훨씬 좋겠지요? 이거 무식한 제가 잠시 잊었지 뭡니까."

은수는 무슨 헛소리냐는 표정을 지으며 됐다고 말하려고 했지만, 진호의 말이 끝나자마자 바로 웨이터가 들어왔다. 진호가 바로 웨이터와 샤바샤바하여 바로 아가씨를 데리고 오라고 한 까닭에 타이밍을 놓쳐 버렸다.

'이런……'

은수는 아무렴 어떠냐는 표정을 지으며 다리를 꼬았다.

여자가 있든 없든 어차피 상관없었다. 은수는 그저 최대한 빨리 익히서 나가고 싶을 뿐이었다.

여자가 들어오기 전, 진호는 단 한 순간도 쉬는 시간 없이 입에서 달달한 아부를 뿜어냈다. 나름대로 아부로 보이지 않게끔 이런저런 말을 섞었지만, 은수의 귀엔 그저 헛된 발버둥

일 뿐이었다.

그렇게 지루한 시간이 잠시, 노크 소리와 함께 여자들이 들어왔다.

"진호 오빠~ 오래간만이에요~"

"야아~ 선영아~ 은영아~ 오래간만이다."

진호는 여자들과 구면인지 픽 웃으며 그녀들을 위아래로 훑었다.

연예인 같이 아름다운 외모에 쭉 뻗은 몸매, 옷은 마치 TV 시상식에서나 볼 법한 드레스를 입었다.

아까 선영이라 불린 여자는 마치 주인한테 달려드는 개처럼 쪼르르 달려가 진호 옆에 착 들러붙었다. 그리고 선영과 같이 들어온 은영이란 여자는 대담하게 은수 옆에 앉았다.

"오빠~ 안녕하세요~"

"안녕하세요."

은수가 아무렇지도 않게 처음 본 사람한테 인사하듯 하자, 은영이 까르르 웃었다.

"오빠, 귀엽다~ 왜 그래? 편하게 대해."

"아아, 응."

편하게는 개뿔. 은수는 말끝마다 오빠 소리 붙이는 은영이 마음에 들지 않았지만, 설명하기도 귀찮았기에 대충 귀찮다는 티 풀풀 내며 긍정했다.

　술자리에 여자가 끼자 분위기가 시끄러워졌다. 만약 은수
가 이 자리를 즐겼다면 괜찮았겠지만, 이 자리가 달갑지 않은
은수 입장에선 그저 귀만 따가웠다.

　이후 은수 옆에 앉은 은영이 은수의 직업을 묻고 대단하다
는 듯 박수를 치는 등 아부가 이어졌고, 이후 술이 좀 들어가
자 여자들이 춤과 노래를 불렀다.

　지루한 시간이 약 한 시간. 진호는 취기가 조금 올랐는지
씩 웃으며 은수를 쳐다봤다.

　"어째, 마음에 드십니까?"

　진호가 붉어진 얼굴로 말하자, 은영이 진호의 말을 행동으
로 도우려는 듯 은수에게 의도적으로 깊게 팔짱을 끼며 가슴
을 비벼댔다.

　"좋네요."

　은수는 전혀 좋지 않다는 표정으로 좋다고 말했다. 사실
속마음 같아서야 이딴 자리고 나발이고 당장 뛰쳐나가 잠
이나 자고 싶은 은수였다. 하지만 전에 진호가 했던 말대
로 이젠 원활한 업무 처리를 위해선 적당히 양보도 해야
했다.

　"아, 맞다. 이거 제가 술에 정신이 나가서 가져온 선물을

까먹었네요."

"선물이요?"

은수는 선물이라는 말에 살짝 얼굴을 찌푸렸다.

'어째 저번 제왕제약 나부랭이랑 레퍼토리가 똑같으냐?'

진호는 그렇게 말하며 가방에서 고급스러워 보이는 상자를 꺼냈다. 크기는 사람 머리 정도.

"그게 뭡니까?"

"이사들과 이사장님의 화합을 이뤄줄 평화의 메시지입니다."

진호는 그렇게 말하며 상자를 열었다.

'비싼 돈 주고 구한 녀석이다. 이 녀석이면 저 녀석도 눈이 떡 벌어지겠지?'

마치 필살기를 쓰는 만화 속 악당처럼 진호는 상자를 번쩍 열었다. 그러자 그 안에서 금으로 만든 용 한 마리가 옥으로 보이는 보석을 꽉 쥐고 있었다.

"우와! 멋져, 오빠!"

여자들은 그 장식품을 보고 탄성을 내질렀다.

"받아주십시오, 이사장님."

진호가 장식물을 상자째 은수에게로 들이밀었다.

저런 것 따위 받아먹고 싶지 않은 은수였지만, 일단은 울며

겨자 먹는 심정으로 그 장식품을 받았다.

"어이쿠! 별걸 다. 감사합니다."

'엄청 비싸 보이네. 재단에 가자마자 팔아서 재단 자본으로 돌리자.'

은수가 못 이기는 척하며 받자 문진호는 거의 다 왔다는 듯 야비한 미소를 지었다.

"오빠~ 우리 건 없어?"

진호가 미소 짓고 있자, 술만 홀짝이며 흥을 돋우던 선영이 말했다.

"나 백 갖고 싶어~"

그러자 그에 질 수 없다는 듯 은영도 더욱 달라붙으며 말했다.

"은수 오빠, 나도 갖고 싶은 드레스 있는데… 안 돼?"

달콤한 말이 귀를 녹이고, 풍성한 가슴이 팔을 짓눌렀다.

"자~ 오빠가 오늘은 선물 없고, 대신 현금으로 줄게."

선영의 말에 진호는 품속에서 지갑을 꺼내 허연 수표 한 장을 선영에게 건넸다. 그러자 선영은 씩 웃곤 먹이 낚아채는 매처럼 수표를 획 가져갔다.

"아앙~ 오빠~ 나도~ 응?"

은영은 그에 애가 탔는지 아예 노골적으로 은수의 귀에 대고 속삭였다. 그에 은수가 짜증이 솟아 그녀를 떨쳐 내려는 순간 진호가 말했다.

"은영아, 오빠가 줄게. 이걸로 용돈 해."

진호의 말에 은영은 단숨에 은수에게서 떨어져 진호가 건넨 수표를 받았다. 백만 원짜리였다. 은수는 살며시 눈만 굴려 그 수표를 보곤 눈을 찌푸렸다.

'저 미친 새끼가⋯⋯. 그 돈이 전부 다 어디서 나온 건데 함부로 뿌려대?'

"고마워, 오빠~"

은영이 돈을 채가려 하자, 진호는 수표를 가져가지 못하게끔 누르며 말했다.

"대신⋯ 저 오빠한테 서비스 좀 잘해줘."

눈을 찡긋하는 진호. 은영은 못 이기는 척하며 몸을 배배 꼬았다.

"아잉, 오빠! 여기는 그런 거 안 하는 거 알면서."

"에이, 그러지 말고."

"알았어요~"

은수는 그런 둘을 바라보며 한숨을 푹 내쉬었다.

'지랄도 풍작이셔들.'

은영은 자리에 앉자마자 은수의 몸을 더듬었다.

"오빠~ 저쪽 통 큰 오빠가 하는 얘기 들었지? 잘해줄게~"

진호는 픽 웃곤 은수가 보라는 듯 선영의 가슴을 움켜졌다. 그러자 선영이 까르르 웃으며 애교를 피웠다.

"떨어져."

그에 은수는 눈에서 가벼운 안광을 뿜어내며 은영에게 말했다.

마치 눈이 꿰뚫리는 것 같은 공포가 마치 바늘에 찔린 고통처럼 아주 짧게 은영을 관통했다.

"어, 어머. 알겠어, 오빠."

은영은 그 공포에 무의식중에 획 떨어져서 뭐라 중얼거렸다.

"자, 이사장님, 그리고 드릴 말씀이 있는데……."

선영을 더듬는 데 정신 팔려 좀 전의 모습을 못 본 진호는 조심스럽게 입을 열었다.

슬슬 분위기가 올랐다고 생각해 강제 집행 건을 얘기하려는 심산이었다.

'이제 거의 다 끝났다.'

만약 그가 좀 전의 은수의 안광을 봤다면 저런 생각 따위 하지 않았으리라.

"이번에 부결하신 세 안건 말입니다. 그건 꽤나 중요한 안건이라… 이사회의 결정으로 그냥 진행하기로 했습니다."

"뭐라고요?"

은수는 진호의 말을 듣자마자 얼굴을 꽉 구기며 되물었다.

단지 얼굴을 굳히고 되물은 것뿐인데도 방 안이 얼어붙은 듯 차가워지고, 온몸은 뭔가에 짓눌리기라도 한 양 무거워졌다.

언제부터였을까? 사람을 하나씩 없애 나갈 때마다 은수가 뿜어내는 살기는 더욱 짙어져 갔다. 지금에 와서는 단지 살기를 내뿜는 것만으로도 사람들이 굳었다.

"그, 그러니까… 그냥 진행……."

"말도 안 되는 소리 하지 마세요. 아까 이사장이라고 하지 않았습니까? 내가 이사장인데 누가 마음대로 안건을 진행시킵니까?"

방 안에 고함이 날카롭게 튀었다.

"에이, 뭐, 뭘 그렇게 화를 내고 그러십니까? 자, 자, 술 한 잔하시고……."

진호는 어떻게든 분위기를 반전시키려 했지만 돌이키기엔 이미 늦었다.

"집어치워!"

은수는 진호가 건네는 술잔을 팔로 쳐버렸다. 그러자 술잔이 날아가 벽에 부딪쳐 쨍 소리를 내며 깨졌다. 여자들은 술잔이 깨지자 비명을 질렀다.

"네 녀석들과 어울려 보려 했던 내가 우습다! 강제 집행 같은 개소리 하고 앉아 있네!"

은수가 진호에게 윽박질렀다.

"너희 같은 새끼들이랑 화합? 양보? 좆 까는 소리 하고 앉아 있네. 아, 씨발! 내가 어리석었다. 내가 병신이었어. 이제 화합이고 나발이고 없다. 내 식대로 할 거야."

"이, 이사장님? 저… 진정하시고……."

"닥쳐!"

은수가 그렇게 고함을 지르고 있자니, 소위 말하는 룸살롱 기도가 문을 열고 들어왔다.

"무슨 일 있으십니까?"

위협조로 묻는 기도. 은수는 그런 기도들과 진호를 번갈아 쳐다봤다.

"너, 나중에 보자."

은수는 진호에게 그렇게 윽박지르곤 기도들을 밀치곤 나가 버렸다.

은수가 룸 밖으로 향하자 지훈이 걱정스러운 표정으로 은수에게 다가왔다. 아무래도 기도들이 우르르 몰려가니 지훈도 불안했던 모양이다.

"괜찮으십니까?"

"네, 괜찮습니다."

은수는 화가 잔뜩 난 표정으로 짧게 말했다.

"퇴근 시간 지난 것 같아서 죄송한데, 당장 A재단으로 가죠. 필요한 정보가 있습니다."

"아뇨. 괜찮습니다. 차를 준비하겠습니다."

지훈은 은수의 말이 끝나자마자 전화기를 꺼내 운전기사에게 전화했다.

'빌어 처먹을 새끼들, 두고 보자.'

＊　　　＊　　　＊

은수는 A재단에 도착하자마자 사무실로 올라갔다.

"지금 당장 문진호라는 이사 정보랑 내 안건에 반대… 아니다. 그냥 최근 이사회의 기록 다 가져오세요."

"예, 알겠습니다."

이유를 물을 법했음에도 지훈은 아무 말 없이 은수가 한 명령에 따랐다.

약 30분. 지훈이 정보를 가지고 돌아왔다.

"말씀하신 대로 문진호 이사 정보와 최근 이사회의 기록을 가져왔습니다."

지훈은 들고 있던 서류철을 전부 은수의 책상에 펼쳐 놓았다.

"그 외에도 본인의 동의가 필요한 신상정보도 드릴까요?"

"네, 주세요."

'사람 눈에 띌까 봐 좀 내버려 두려고 했더니… 아주 죽여 달라고 대가리 내밀지? 어디 한 번 대가리 들이민 게 호랑이 아가린지 토끼 아가린지 네 눈으로 한번 직접 봐라.'

지훈은 본인의 동의가 필요한 문서임에도 아랑곳하지 않고 정보를 은수에게 건네줬다.

평소 원칙적인 모습을 자주 보이는 면모와는 다른 새로운 모습이었다. 아마 전 이사장의 영향이리라.

은수는 제일 먼저 문진호의 정보를 눈으로 훑었고, 그다음으로 은수가 취임한 이후부터 최근까지의 회의록을 주르륵 훑었다.

말 그대로 가관이었다.

"하이고."

서기 나름대로 비속어와 불법적인 말들을 순화한 듯했으나, 상황을 이해하는 데엔 문제가 없었다.

은수가 어이없어하며 웃자 지훈이 조심스럽게 끼어들었다.

"왜 그러십니까?"

"내가 아직 취임한 지 얼마 안 돼서 헷갈리는 게 있어요. 여기 강제 집행이라고 적혀 있는데, 이사회 단독으로 강제 집행이 가능합니까? 제가 알기론 안 되는데 말이죠."

"원칙적으로 이사회 90% 이상이 찬성할 경우 이사회 단독으로 안건을 강제 집행을 할 수 있습니다."

"아하, 그래요?"

말 그대로 90% 이상 찬성했을 경우다. 은수의 입가가 비틀어졌다.

'그럼 이사 중 10% 이상 없어지면 된다는 얘기네.'

은수가 섬뜩한 생각을 하고 있자니 지훈이 다시 입을 열었다.

"하지만 이 경우, 이사회에 참석한 이사가 90% 미만이므로 강제 집행을 할 수 없습니다."

은수는 그 말을 듣자 더욱 화가 났다.

'90%도 안 되는 주제에 강제 집행을 하겠다고? 허이고, 어이가 없다 못해 가출을 하겠네.'

"더 필요하신 게 있으십니까?"

지훈은 은수가 얼굴을 굳히고 있자 조심스럽게 물었다.

"아뇨. 이게 다예요. 이제 가보셔도 됩니다."

"그럼 가보도록 하겠습니다."

은수는 방에서 퇴장하는 지훈을 잠시 쳐다봤다가 시계로 눈을 돌렸다.

9시였다.

'강제 집행 찬성자, 문진호, 국봉팔 포함 여덟 명. 죄다 쓸
어주마.'

은수의 눈이 강제 집행에 찬성한 이사들의 주소로 향했다.

Chapter 04

돈빌려
드립니다

은수는 지훈이 퇴근하자마자 문진호의 집으로 갔다.

너무 섣불리 판단한 걸까? 아쉽게도 문진호는 아직 집에 도착하지 않았다.

'짜증나네. 도대체 술 먹고 어딜 나돌아 다니는 거야?'

순간 은수는 국봉팔 먼저 처리할까 생각했다. 그러길 잠시, 은수는 문득 진호가 했던 말이 떠올랐다.

저 오빠한테 서비스 좀 잘해줘.

아마 생각해 보건대 2차를 말하는 모양이다.

'아하, 어디 있을지 대충 감이 잡힌다. 기다려라.'

은수가 발걸음을 돌렸다. 그가 향한 곳은 문진호와 만났던 룸살롱이었다.

빠르게 움직인 까닭에 은수는 금방 룸살롱 앞에 도착할 수 있었다.

은수는 그곳에 도착하자마자 마법을 부렸다.

"*Maiustused laps langes tükk*(불쌍한 아이가 떨어뜨린 과자 조각)!"

마법 영창이 끝나자 바닥에 은수에게만 보이는 옅은 보랏빛 발자국이 생겼다.

그 발자국은 은수가 서 있는 방향에서 양방향으로 찍혀 있었다.

'양방향이면 나갔다는 소리네. 이 녀석이 집에 안 가고 어딜 갔을까.'

은수가 발자국을 따라 고개를 돌렸다. 발자국은 주변 모텔로 향하고 있었다.

'빙고. 일이 더 쉬워지겠네.'

은수는 얼굴에 미소를 잔뜩 띠곤 발자국을 따라 발을 놀렸다.

은수는 모텔에 도착해 아무 방이나 대실하곤 다시 발자국을 쫓아 한 방 앞에 도착할 수 있었다.

'찾았다.'

문진호는 유부남이다. 그는 슬하에 아들 둘과 딸 하나, 자기보다 열 살 어린 아내를 뒀다.

'참으로 단란한 가족이겠네.'

그 단란한 가족의 아버지께서 지금 이 시간에 모텔에서 뭘 하고 계실까 참으로 궁금하다.

은수는 방문에 대고 잠금 해제 마법을 사용한 뒤 핸드폰을 꺼내 촬영 기능을 켰다.

'게임기를 이런 데에 다 쓰네. 별일이다.'

그리곤 그와 동시에 문을 벌컥 열어젖히며 들어갔다.

순간 후끈한 열기가 느껴졌고, 남녀가 몸을 섞을 때 나는 특유의 살내가 풍겼다.

은수가 문을 열고 들어가자 방 안이 뒤집어졌다.

"누, 누구야!"

"꺄악!"

"엄마야!"

들려오는 비명이 세 개.

'어쭈! 이거 봐라? 세 개?'

은수가 씩 웃고 방 안으로 들어가자, 급히 이불을 뒤집어쓴

진호와 아까 룸살롱에서 봤던 선영과 은영이 보였다.

"문진호 이사님, 안녕하십니까?"

문진호는 은수를 보곤 멍한 표정을 지었다.

"네, 네놈이 어떻게 여길……."

"글쎄요. 그건 알 거 없으시고, 그나저나 중요 부위부터 가리시는 게 좋지 않겠습니까? 촬영 중인데."

"이익!"

문진호는 수치 반, 분노 반에 후다닥 옷가지를 집어 사타구니를 가렸다.

"이야, 이거 정력도 좋으십니다. 예쁜 아가씨 둘이나 끼고 하시게?"

"너 이 새끼가! 그거 당장 안 내려놔!"

은수가 도발하자 진호가 욕설을 내뱉었다.

"안 내려놓으면 어쩌실 겁니까?"

"너… 아까 내가 잘 지내보자고 아부 떠니 아주 뵈는 게 없구나! 죽고 싶어?"

죽고 싶냐는 말에 은수가 웃음을 터뜨렸다. 그리곤 핸드폰으로 선영과 은영을 차례로 촬영한 뒤 촬영 기능을 종료했다.

"그 핸드폰 당장 내놔!"

"싫은데?"

은수는 그렇게 말하곤 핸드폰을 바지 주머니에 넣었다.

"그리고 아까 나보고 죽고 싶느냐고 물었지? 그 말 그대로 돌려줄게."

"뭐라⋯⋯."

문진호는 은수의 말에 되물으려는 듯 입을 열었지만, 그가 채 말을 끝나기도 전에 그의 몸에 의자가 틀어박혔다.

"껵!"

진호는 두 여성의 비명을 배경음 삼아 풀썩 쓰러졌다.

여자들은 진호가 쓰러짐과 동시에 도망치려 했지만, 은수가 이미 현관문을 마법으로 잠가놓은 까닭에 그럴 수 없었다.

'당신들은 어떻게 할 생각 없어. 경찰을 부르면 곤란하거든.'

은수는 쓰러져서 신음을 토하는 진호에게 다가갔다. 진호가 뭐라고 입을 열려고 했지만, 은수는 들을 생각이 없는지 그의 머리를 발로 차버렸다.

한동안 일방적인 폭행이 계속됐다.

그렇게 약 1분 정도 때린 뒤 은수는 살며시 물러나 진호에게 집어 던진 의자를 다시 일으켜 세워 그 자리에 앉았다.

"미친 새끼가⋯ 지금이 어느 시댄데 사람을 때려? 감방에 처박아 버리겠어."

"이봐, 문 이사. 아직 상황 파악이 잘 안 되지?"

은수는 핸드폰을 꺼내 그 앞에서 핸드폰을 보여줬다.

"이거 뭔지 알아? 간통이야, 간통. 우리 잘난 문 이사 나리, 아들이 둘에 딸이 하나, 그리고 아내가 있다지? 근데 이게 그 마누라 손에 들어가면 어떻게 될까?"

"자, 잠깐!"

"사실 내가 우리 잘난 문 이사 나리, 담가 버리려고 했어. 근데 이거 어째 생각지도 않은 호박이 넝쿨째 굴러들어 왔네? 그래서 당신이 지금 이렇게 숨 쉴 수 있는 거야. 다행인 줄 알아."

문진호는 은수의 말에 이를 갈았다.

"지금 네가 무슨 생각을 하는지 대충 알 것 같으니 긴말하지 않을게. 일단 넌 내일까지 기다려 봐라. 내일 무슨 일이 일어났는지 확인해 보고 그때 결정해. 알겠냐?"

"무슨 개소리를 하는 거냐!"

"글쎄다? 네가 직접 확인해 봐."

은수는 그렇게 말하곤 진호에게서 돌아섰다.

"허튼짓하면 이 녹화 파일 인터넷이랑 A재단, 그리고 네 와이프한테 뿌릴 거니까 각오해."

은수는 그렇게 위협하곤 방 밖으로 향했다. 가는 길에 콘돔을 챙겼다.

"아, 맞다. 이 콘돔은 다 쓴 거니까 내가 가져갈게."

은수는 미끌미끌한 콘돔을 만지는 게 역겨웠지만, 콘돔에 있는 저 희끄무레한 액체는 지금 이 상황에 대한 결정적인 증거이기에 어쩔 수 없었다.

"신고는 될 수 있으면 하지 마라."

은수는 뒤에 허망한 표정으로 서 있는 진호를 내버려 두곤 모텔에서 나갔다.

*　　　*　　　*

은수는 진호를 처리한 다음 국봉팔의 집으로 향했다. 그의 집은 서울 유명 아파트 단지였다.

"좋은 곳에 사네."

소리 소문 없이 출입하기엔 다소 난이도가 높은 공간이었다.

신축 아파트인 까닭에 최신 전자식 보안 장치가 되어 있고, 경비로 전문 보안업체 직원이 상주하고 있다.

그뿐만이 아니다.

아파트 단지는 공간에 비해 인구 밀도가 비정상적으로 높은 공간이다. 밤인 까닭에 단지 내에 돌아다니는 사람은 적어 보여도 언제 누가 어디서 보고 있을지 알 수 없었다.

'그래 봐야 마법 하나면 땡이지, 뭐.'

은수는 문진호 이사가 사는 아파트의 바로 건너편 아파트 입구에서 기다렸다.

마음만 먹는다면 마법을 사용해 강제로 열 수는 있겠지만, 벌써부터 경비들을 자극하고 싶진 않았다.

'당신들, 오늘 엄청나게 피곤해질 거니까 굳이 지금부터 고생시키진 않을게.'

기다리길 약 10분.

아파트 안에서 사람이 한 명 나왔다. 은수는 그 틈을 놓치지 않고 불쑥 튀어나가 문이 닫히기 전에 아파트 안으로 진입했다. 이후 엘리베이터를 타고 아파트의 마지막 층으로 이동한 뒤 계단을 타고 옥상으로 올라갔다.

문은 쇠사슬로 꽁꽁 묶여 잠겨 있었다. 혹시라도 자살자가 생기기라도 하는 날엔 집값이 떨어지기 때문에 대부분 이런 조치를 취해놓는다.

"Karus's Tuul pügamineünuga(카루스의 잘라내는 바람 칼)!"

마법을 끝낸 뒤 집게손가락으로 쇠사슬을 자르듯 몇 번 휘적대자 쇠사슬이 마치 두부처럼 썰려 떨어졌다.

은수는 문을 열고 밖으로 나갔다. 그러자 휘이잉 하고 날카로운 바람이 은수를 휘감아 돌았다.

"이야, 높구나."

30층이 훌쩍 넘는 고층 아파트니까 당연히 높을 수밖에.

은수는 조심스럽게 움직여 옥상 난간 끝에 기대어 땅바닥을 쳐다봤다. 잠시 현기증이 일었다가 사라졌다.

'휘유, 떨어져도 죽진 않겠지마는 그래도 무섭긴 무섭네.'

"국봉팔네 집이… 저쪽인가?"

은수는 건너편에 있는 아파트 동수와 라인을 보곤 그의 집을 확인했다.

"찾았다."

은수는 즐거운 듯 잠시간 휘파람을 불곤 눈을 감은 채로 마법을 시전했다.

"*Völur silm(마법사의 눈).*"

은수는 보룰 시름이라 중얼거리며 오른손을 허벅지 옆에, 왼손은 하늘로 향하게 한 뒤 양손을 교차시키듯 사선으로 움직였다. 마치 춤사위 같았다.

마법이 완성되자 왼쪽 눈에 바늘이 꽂힌 것 같은 고통이 스쳐 지나갔다.

은수는 그 고통과 함께 마법이 완성됐음을 깨닫곤 조심스럽게 양 눈을 떴다.

별 변화는 없었다. 하지만 그것도 잠시, 은수가 오른손 집게와 중지를 붙여 앞으로 향하자 왼쪽 시야만 손가락 방향으로 움직였다.

'됐네.'

은수는 오른쪽 눈만 감은 뒤 시야를 국봉팔의 집으로 이동했다. 마치 공중에 떠 있는 듯한 착각이 들었다.

은수가 문득 무슨 변덕에선지 고개를 아래로 향하자, 아찔한 허공이 보였다. 은수는 순간 다리에 오한이 들었다.

'역시 이 스릴이 좋단 말이지.'

장난은 거기서 끝이었다. 은수는 다시 눈을 조심스럽게 이동시켜 국봉팔네 집 베란다 앞에서 멈췄다.

안타깝게도 '마법사의 눈'이란 마법에 투과 기능은 없었다. 더 이동하려면 베란다 문을 열어야 했다.

은수는 고개를 돌려 거실에 있는 사람을 확인했다. 다행히 거실에는 아무도 없었다. 은수는 마법사의 눈 마법을 해제했다.

'좋아, 그럼 시작해 볼까.'

은수는 심호흡을 한 뒤 몇 가지 마법을 차례로 부렸다.

"Koor naha(마치 나무와 같이 되리라)."

첫 번째 마법이 끝나자 은수의 피부에서 나무껍질이 돋아나더니 금세 은수의 몸을 뒤덮었다

"Venitatud ettekäändeid shadow(늘어진 그림자 망토)."

두 번째 마법은 몸을 가리는 마법이었다. 마법이 완성되자 은수의 그림자가 기괴하게 일그러지더니 은수의 겉모습을 감싸 어둡게 만들었다. 마치 추리 만화 속 범인의 모습 같아 보

였다.

"*Müraüsummutamist(소음 억제).*"

세 번째 마법이 끝나자 은수는 부자연스러운 고요함을 느꼈다.

사람의 귀는 굉장히 민감해서 보통 주변에 아무런 소음이 없다면 자기 귀 옆으로 흐르는 혈액 소리를 듣는다. 하지만 마법이 완성되자 말 그대로 아무런 소음도 들리질 않았다.

'그러고 보면 소리는 진동을 통해 들리는데, 그렇다면 이 마법은 공기의 움직임을 차단하는 걸까?'

은수는 그런 생각을 하며 숨을 들이켰다.

역시나 아무런 문제 없이 숨을 쉴 수 있었다.

'모르겠다.'

은수는 잡생각을 그만두고 마지막 마법을 시전했다.

"*Karus's kamarin(카루스의 날개 깃털).*"

예전에 은수가 나익환 일행을 쫓을 때 쓰던 마법이다. 이 마법은 단순히 술사의 체공 시간을 길게 만드는 마법이지만, 이 마법을 물리법칙에 잘 대응하면 재미있는 일이 일어난다.

만약 전력 질주를 한 뒤 점프한다면?

전력 질주한 가속도와 뛸 때 나오는 폭발적인 운동 에너지가 그대로 속도로 치환된다. 그리고 그 결과는…….

은수가 옥상 중앙에서부터 옥상 끝으로 전력 질주했다. 그런 다음 옥상 끝에 다다르자 난간을 구름판 삼아 있는 힘껏 점프했다.

은수가 마치 총알처럼 튀어나가 밤하늘을 가로질렀다.

제3자 입장에선 마치 영화에서나 나올 법한 멋진 장면이었지만, 본인 입장에선 굉장히 고통스러웠다.

"으으으!"

차가운 밤공기가 은수의 몸을 난도질했다. 은수는 그 바람을 피하기 위해 온몸을 동글게 말았다. 그렇게 총알처럼 날아가길 몇 십 초.

'거의 다 왔다.'

건너편 아파트에 손이 닿았다.

나무껍질 마법까지 쓴 은수의 우려와는 달리, 다행히 창문에 충돌하는 일 없이 베란다에 매달릴 수 있었다. 하지만 문제가 하나 있다면 층수가 3층 높게 올라왔다는 것 정도일까.

'후웁!'

은수는 소리없는 기합을 지르며 잡고 있던 손을 놨다. 그러자 은수가 마치 깃털처럼 살포시 떨어지기 시작했다.

'1… 2… 3!'

은수는 속으로 숫자를 센 뒤 베란다를 움켜잡곤 창문을 열고 집 안으로 들어갔다.

아무래도 20층이 넘는 고층이다 보니 잠가놓질 않은 모양이다.

은수는 제일 먼저 가까운 콘센트로 이동했다. 그런 다음 마술을 시전했다.

Jkn silmad, Müra summutamist(소음 억제 마법 해제).

"*Elektrilaeng liikumine(전하 이동).*"

은수가 손을 몇 번 움직이자 어느 순간 잠깐 소음이 사라지더니 은수의 영창 소리가 들렸다. 그리고 그 영창이 끝나자마자 과전압으로 인해 방 안 모든 전기가 끊겼다.

은수는 전기가 끊기자마자 바로 소음 억제 마법을 해제했다. 그러자 은수의 귀에 누군가가 놀란 듯 큰 소리를 내는 게 들렸다.

"여보! 전기 나갔나 봐요!"

거실 오른편에서 여자 실루엣의 한 인간이 나왔다. 은수는 기다렸다.

"아, 씨! 뭐야? 정전이야? 나 중요한 인터넷 강의 듣고 있었단 말이야!"

이번에도 오른편. 어린 남자 실루엣이다. 은수는 국봉팔이 나올 때까지 기다렸다. 그러길 약 30초.

"이런, 전기가 떨어졌나 보다."

거실 왼편에서 국봉팔로 보이는 남자 실루엣이 나왔다. 국봉팔은 가족들과 이야기를 나눴다.

"여보, 어떻게 하죠?"

"아, 좀 빨리 고쳐봐!"

"기다려. 내가 나가볼게."

은수는 입가에 미소를 띠곤 거실에 놓여 있는 작은 수납함을 소리없이 집어 들어 국봉팔의 뒤로 다가갔다. 그리고,

"여보, 기다려요. 내가 전등 가져올… 꺄아악!"

둔탁한 소리와 함께 국봉팔이 쓰러졌다. 은수는 비명을 지르는 여자와 어린 남자를 무시하곤 재빨리 국봉팔을 들쳐 멨다. 그런 다음 들어온 배란다로 달려 아까처럼 뛰었다.

"여보!"

"아빠!"

은수의 몸이 하늘 위로 날아올랐다. 하지만 단지 그뿐. 은수는 머지않아 다시 추락하기 시작했다. 아까도 말했듯 카루스의 날개 깃털 마법은 체공 시간 증가 마법이지 비행 마법이 아니다. 하지만 그렇다고 해서 날 수 있는 방법이 없는 건 아니었다.

"Karus's Wing Tuul(카루스의 날개 바람)!"

은수는 손을 바닥으로 향하곤 마법을 외웠다. 그러자 그의 손에서 엄청난 바람이 뿜어져 나왔고, 추락하던 은수는 다시 하늘로 솟아올랐다.

국봉팔의 가족들은 그런 은수를 멍하니 쳐다보기만 했다.

야산.

봉팔은 뒤통수에 지끈지끈한 두통을 느끼며 깨어났다.

"으……."

"일어나셨어?"

봉팔은 갑자기 들려온 목소리에 깜짝 놀라 고개를 돌렸다. 그곳엔 은수가 서 있었다.

"며, 명예 부이사장?"

"그래, 나야."

"여긴 어디야? 내게 무슨 짓을 하는 거냐?"

"맞혀봐."

은수는 그렇게 말하며 들고 있던 삽을 땅에 푹 꽂았다.

꽤나 오랜 시간 동안 판 걸까? 은수가 삽을 꽂은 곳엔 꽤나 깊은 구덩이가 만들어져 있었다.

"나한테 이러는 이유가 뭐야?"

봉팔은 몸을 일으키려 애썼지만, 그의 몸은 나일론 끈으로 묶여 있었다.

"지금 나랑 말장난하자는 거구만."

은수는 어이없다는 듯 웃었다.

"강제 집행 한다며. 기억 안 나?"

국봉팔의 얼굴이 하얗게 질렸다.

"자, 잠깐만."

"내가 그래서 생각을 해본 결과, 너희들이 날 얼마나 얕보면 이럴까 싶더라고. 그래서 본보기가 좀 필요하다 싶었지."

'그래서 네가 여기 있는 거야' 하고 은수는 덧붙이며 웃었다.

"겨, 겨우 안건 세 개 강제 집행한다는 이유로 날 죽이겠다고?"

"결과적으로 따지자면 그렇게 되겠네. 근데 굳이 그것 때문에 죽이는 건 아냐. 너희들이 자꾸 나 하고 싶은 대로 하는데 딴소리 해대니까 죽이는 거지."

은수는 그렇게 말하며 삽을 땅속에 박아 넣었다. 봉팔은 그런 은수의 모습을 보자 순간 겁에 질려 비명을 질렀다.

"사람 살려! 살려주세요! 여기……."

하지만 그 비명은 오래 지속되지 않았다. 머리 옆으로 삽날이 날카롭게 스쳐 지나갔기 때문이다.

"흐이익!"

"살려달라고? 잘 생각해 봐. 혹시라도 저 멀리서 네 말 듣고 달려오는 사람이 빠를까, 아니면 여기 이 삽날이 더 빠를까. 네가 아무리 살려달라고 외쳐 봐야 내가 듣기엔 더 빨리 죽여 달라는 말로밖에 안 들리거든. 그러니까 조금이라도 더 살고 싶으면 그 입 다물고 있어. 그리고 상식적으로 말이야, 지금 자정이야. 이 야산에 누가 있겠냐? 그러니까 포기해."

은수는 그렇게 말하곤 국봉팔을 자신이 파놓은 구덩이 안으로 차버렸다.

"사, 살려줘!"

"힘든 사람들 피나 빨아먹는 너 같은 걸 왜?"

"내가 뭘 했다고! 나, 난 그저······."

은수가 퍼놓은 흙을 한 삽 가득 퍼 구덩이에 붓자 봉팔의 머리 위로 흙이 쏟아져 내렸다.

"으아아!"

"넌 그저 이번 재계약 건으로 제왕제약에서 뇌물 받아 먹고, 증축 건에서 관해선 건설 회사에서 접대 좀 받았으며, 감시 건으론 또 병원 원장들한테 좋은 골프 클럽 몇 개 선물 받았을 뿐이지. 개인적인 친분이란 때깔 좋은 명분으로."

봉팔의 눈이 휘둥그레졌다.

"어, 어떻게 안 거야?"

"다 방법이 있어. 근데 알아서 뭐해? 곧 죽을 건데."

은수는 말을 하며 구덩이 안으로 흙을 한 삽 더 쏟아부었다. 봉팔은 살려달라고 애원했지만, 은수는 대답하지 않고 말을 이었다.

"넌 그저 받아먹기만 했어. 그래, 그게 끝이지. 하지만 너희가 받아먹음으로써 병원비가 오르고 학비가 올라. 설마 너 같이 배울 거 다 배운 놈이 그걸 모르진 않겠지?"

"나, 난 그저 조금 받아먹었을 뿐이야! 오, 올라봐야 얼마나 오른다고!"

"아하! 그럼 네 말은 효율 좋게 병원비 만 원 올리고 너는 일억 해먹었다는 거네? 죽을래?"

지금 죽이고 있는 상황에서 죽을래라니. 참으로 우스운 상황이 아닐 수 없었지만, 실시간으로 파묻히고 있는 입장에선 굉장히 섬뜩하게 들렸다.

"이봐, 진정해. 우리 얘기로 하자고, 명예 부이사장. 하라는 거 다 할게. 살려줘. 날 죽이지만 마. 난 정말 쓸모있는 인간이라고!"

"하라는 거 다?"

"하라는 거 다!"

은수는 하라는 것을 다 한다는 말에 잠깐 솔깃한 듯 삽질을 멈췄다.

"뭐해 줄 건데?"

"도, 돈이 필요하지? 그렇지? 내, 내가 잔뜩……."

은수는 말을 더 듣지도 않고 흙을 쏟아부었다.

"으아아아! 제, 제발!"

"돈? 필요없어."

"그, 그럼 내가 네 편이 되어주겠다, 명예 부이사장!'

"내 편?'

은수가 잠깐 턱을 쓰다듬었다.

"못 믿겠어. 증거가 필요해."

"어, 어떤……?'

"이사들이 저지른 부패랑 비리 다 불어."

봉팔의 얼굴에 핏기가 전부 사라졌다.

"그건 안……."

봉팔은 어떻게든 협상을 해보려 입을 열었지만, 그 입에 흙이 와르르 쏟아졌다.

"그래, 살려주긴 뭘 살려줘. 그냥 죽어라. 협상은 개뿔."

은수가 마음먹고 흙을 쏟아 붓기 시작하자, 봉팔의 몸이 금세 흙에 파묻혀 머리만 남게 됐다.

"할게! 한다고! 그만! 제발 그만해!'

은수가 미소를 지었다.

'계획대로 잘 흘러가는구먼.'

이후 은수는 봉팔을 구덩이에서 뽑아낸 뒤 준비했던 펜과 메모지를 건넸다.

그는 한동안 고민하는 듯했지만, 기다리다 못한 은수가 삽으로 몇 번 쥐어 패자 금방 펜을 놀려 메모지를 가득 채웠다.

"많이도 해 처먹었네."

은수는 메모지를 훑다가 문득 궁금증을 느꼈다.

"근데 왜 구세진이랑 김필창 얘기는 하나도 없어?"

"그, 그게… 구 이사와 김 이사와는 대치 상태인지라 서로 아는 정보가 없어."

은수가 짜증난다는 듯 되묻자, 봉팔은 살며시 눈만 움직여 은수의 표정을 살폈다.

'아, 젠장, 이참에 맘에 안 드는 녀석들 한 방에 죄다 처넣으려고 했는데. 귀찮게 됐어.'

"진짜 몰라?"

은수가 눈에 안광을 일렁거리며 봉팔에게 묻자, 봉팔은 겁에 질려 고개를 끄덕이기만 했다.

"그래, 그럼 이게 네가 아는 다라고?"

"흐이익! 네! 마, 맞아요! 그게 답니다!"

봉팔은 은수의 눈을 마주 보자 겁에 질려 고개를 돌렸다.

은수는 그런 봉팔의 얼굴을 붙잡고 강제로 눈을 맞춘 뒤 다시 물었다.

"확실해?"

"네, 네!"

"알겠어. 수고했다."

은수는 그렇게 말하곤 방긋 웃었다.

"넌 이제 쓸모없어졌어. 잘 가라."

"에? 아, 아까는 살려주겠다고……."

"안타깝게도 너보다 먼저 당첨된 녀석이 있어. 약점으로 잡아놓는 녀석은 하나로 충분해."

"자, 잠깐! 사람 살……!"

"*Selektiivne mälu kustutamine(선택적 기억 삭제)*."

은수가 봉팔의 머리 위에 손을 얹고 마법을 영창하자, 봉팔은 거품을 물고 쓰러졌다.

이후 은수는 봉팔의 기억 대부분을 삭제했다. 자신이 누구인지, 뭘 했는지, 누구와 친분이 있었는지 등.

사용 여부에 따라 숨 쉬는 방법을 잊게 하는 식으로 봉팔을 살해할 수도 있었지만 은수는 굳이 그렇게까지 하고 싶진 않았다.

"잘 자. 그리고 다음 생? 뭐라고 해야 하나. 어쨌든 이번엔 죄 짓지 말고 행복하게 살아라. 혹여 네가 과거를 찾아올지 모르니까 네 물품은 전부 내가 가져가마."

은수는 그렇게 중얼거리며 옷가지를 포함해 봉팔의 물건을 전부 챙겨 그 자리에서 벗어났다.

Chapter 05

돈빌려
드립니다

철주가 은수의 정체에 대해 의문을 가진 그날 이후부터 철
주는 경찰서 내에서 소위 '검은 패딩 사건'이라 불리는 사건
의 기록을 모조리 수집해서 살펴봤다.

그 사건들에는 모두 공통점이 있었는데, 그건 바로 피해자
가 모두 조폭, 사기꾼, 반달(반쪽짜리 건달이라는 은어) 등 소위
말하는 사회의 악들이었다.

철주는 그 사실을 발견하자 기분이 묘해졌다.

"지가 뭔데 사람을 죽이고 다녀. 못된 놈이면 그냥 막 죽여
도 되는 거야? 씨발, 지가 무슨 홍길동인가."

나름대로 정의론을 펼치길 10분, 철주는 다시 사건 파일을 뒤졌지만 별 다른 성과가 나오진 않았다.

'이런 빌어먹을……'

철주는 가벼운 무력감을 느꼈지만 포기하지 않았다.

'이게 도대체 무슨 개소리야!'

철주의 눈이 파일을 훑었다. 학소파 사건에 관련된 파일이었다.

"대장 백학소는 사건 현장에서 100m쯤 떨어진 장소에서 옷이 모조리 벗겨진 채 실종. 부하 김용훈과 홍철민은 차량 사고 당시 각각 화상, 경추 골절로 인해 사망. 또 다른 부하 곽창호는 사건 현장에서 10m 정도 떨어진 나무 아래에서 척추가 골절된 채 발견……?"

사건 당사자 중 생존자는 곽창호뿐이었지만 그도 척추가 골절돼 현재 하반신 마비 상태였다. 따지자면 백학소 역시 실종 상태였기에 생존자에 포함되지만, 검은 패딩 사건 특성상 살아 있다고 보긴 어려웠다.

'끔찍하구만.'

철주는 이후 곽창호의 증언 부분을 읽었지만, 그곳엔 헛소리밖에 적혀 있지 않았다.

창호의 증언에 따르면 그날 그들은 학소를 호위하고 이동하는 도중 검은 패딩으로 추정되는 남자를 차로 쳤다고 한다.

이후 그들은 검은 패딩이 사망했다고 판단, 시체를 유기하기 위해 트렁크에 검은 패딩을 싣고 야산으로 이동했다. 그러던 중 뒷좌석에서 갑자기 손이 튀어나오더니 운전수에게 총을 발포……

'총?'

하긴 그 정신없는 상황에서 갑자기 뭔가 번쩍하더니 사람이 죽었으니 총으로 볼 법도 했다.

철주의 눈이 가늘어졌다.

'또 총인가? 그러고 보면 나익환 때에도 총 얘기가 나왔지. 하지만 총, 총알 그 무엇도 검출되지 않았다.'

그에 대해선 학소 사건도 똑같았다. 유일한 생존자에게서 총에 관한 얘기가 나왔지만, 총과 총알 그 어느 것도 발견되지 않았다. 그의 말에 따르면 운전수의 시신에서 총탄이 검출됐어야 하지만, 안타깝게도 아무것도 발견되지 않았다.

"미치겠군."

철주는 드는 생각을 그대로 중얼거리며 다음 내용을 읽었다. 더 가관이었다.

이후 검은 패딩은 차에서 내려 창호를 집어 던졌다고 한다. 비록 창호가 엄청난 덩치 아니지만 성인 남자다.

그 말은 곧 아무리 못 나가도 60kg은 나간다는 얘기인데, 그걸 집어 던졌다?

거기다가 창호가 발견된 장소가 사건 현장에서 꽤나 떨어진 나무라는 것을 봤을 때, 저 말은 곧 60kg이나 되는 물건을 10m 이상 집어 던졌다는 얘기가 된다.

말이 10m지 실제로 걸어보면 거리가 꽤 된다.

"씨발! 지가 무슨 헐크야? 이게 말이 되느냐고!"

철주는 더 이상 짜증을 참지 못하고 머리를 벅벅 긁었다.

이 경위서를 작성한 경찰 역시 철주와 같은 생각이었는지 창호의 진술 아래에 '병원 검사 결과 뇌 손상이 있었음'이란 각주가 달려 있었다.

아마 당시에 진술을 담당한 형사가 철주와 같은 생각을 했던 모양이다.

'잠깐만, 나익환 사건 때도 이런 사람이 하나 있지 않았나?'

있었다. 곽호수.

그는 헛소리를 지껄이진 않았지만, 마치 못 볼 걸 본 사람마냥 혼란스러워 보였다.

그뿐이던가? 당시 유일한 목격자 이은수. 곧 범인을 보자 공포에 질린 듯 초조해했다.

둘은 사건의 유일한 생존자라는 공통점이 있었다. 하지만 한쪽은 일방적으로 입을 다물었고, 다른 한쪽은 헛소리를 지껄였다는 차이점 역시 있었다.

'혹시 곽호수는 자기가 본 장면이 너무 충격적인 까닭에 일부러 입을 다문 건가?

가능성이 있었다. 만약 그가 초현실적인 장면을 봤다면?

사람은 본디 강한 선입견을 가지고 있는 까닭에 자기 상식을 벗어난 일을 목격하면 자기 상식을 지키기 위해 그 일을 부정하는 성향을 가지고 있다.

긴가민가한 얘기를 남에게 해봐야 돌아오는 건 미친놈 소리밖에 없을 걸 자신이 제일 잘 알기 때문이다.

철주는 재빨리 손을 움직여 나익환 사건 철에 첨부되어 있는 곽호수의 핸드폰 전화번호를 찾아 전화를 걸었다.

비록 상식적인 사람에겐 그저 미친 헛소리로밖에 들리지 않을지 모르겠지만, 지금 철주에겐 그 미친 소리가 절실하게 필요했다.

뚜르르, 뚜르르, 뚝.

하지만 곽호수의 목소리는커녕 '지금 거신 전화는 고객님의 사정으로 인해' 하는 기계음밖에 들을 수 없었다.

"어라? 박 형사, 그 왜 저번에 나랑 같이 수사한 나익환 사건 있잖아. 거기 곽호수란 건달 새끼 기억나?"

철주는 뭔가 이상한 느낌이 들어 옆에 있는 동료 박 형사를 불러 곽호수에 대해 물었다. 그러자 철주는 충격적인 대답을 들을 수 있었다.

"아, 개요? 좀 오래된 사건인데… 잠시만요, 사건 파일 좀 뒤져 볼게요."

박 형사의 말에 따르면, 그도 여기저기 켕기는 부분이 있어서 차후 취조를 위해 다시 연락을 하려 했지만 되질 않아 찾아보니 실종 신고가 접수되어 있었다는 것.

"그래서 그냥 그러려니 했죠. 어차피 그 사건, 증거 불충분으로 마무리 됐잖아요."

철주는 짜증나는 표정을 짓곤 박 형사를 물렸다.

'죽었군.'

사건에 관련된 사람들이 대부분 어떻게 됐는지를 생각해봤을 때, 곽호수 역시 죽었다고 봐야 옳았다.

철주는 생각에 잠겼다.

'이 자식이 맞긴 한 건가?'

그가 관련된 모든 사건을 뒤져 봐도 아무런 증거가 없었다. 혹 취조 자료가 있다고 해도 아까 곽창호처럼 허무맹랑한 소리밖에 적혀 있질 않았다.

혼란스러웠다.

분명 형사로서의 감은 이은수가 범인이라고 외치고 있는데도 결정적인 증거가 하나도 없었다. 있다고 해도 겨우 정황 증거뿐. 그것 가지곤 아무것도 할 수 없었다.

'도대체 저 녀석은 어떻게 이딴 짓거리를 아무런 증거 없이 벌일 수 있는 거지?

철주는 문득 근래에 본 영화가 떠올라 혹시 정말 초능력이라도 쓰는 게 아닐까 하는 생각이 들었다.

'에이, 내가 무슨 생각을……. 집어치우자.'

철주가 고개를 휘적휘적 젓고 담배를 태우러 나가려는 순간, 동료 형사가 철주를 불렀다.

"이철주 형사님!"

"왜?"

철주는 컴퓨터 앞에서 머리를 벅벅 긁다가 자기를 호명하는 후배 형사의 목소리를 듣곤 고개를 돌렸다.

"우편 왔습니다."

"꿍! 딱지냐?"

"혹시 이번에도 과속하셨습니까? 에이, 그러면 안 됩니다, 철주 형님."

"시끄러, 새끼야. 그거 뺑소니범 잡으려다 그런 거였어."

"그렇다고 해도 저희는 민중의 지팡이이자 법의 수호자~"

"니미, 좆 까는 소리 하고 앉아 있네. 말하는 꼬라지 보니까 딱지는 아닌 것 같네. 뭐냐?"

"글쎄요. 그냥 보내는 사람 이름 없이 철주 형사님 이름만 적혀 있습니다."

"뭐?"

철주는 문득 이상한 냄새가 나는 것 같았다.

"편지 줘봐."

철주는 동료 형사에게서 편지를 빼앗듯 낚아챘다.

보내는 사람의 정보는 일절 없이 그저 받는 사람에 '서울지방경찰청 이철주' 라고만 적혀 있었다.

'설마……?'

저번에도 이랬다. 발신인 불명의 소포에 달랑 USB 하나. 저번과 비교해 USB가 편지로 바뀌었을 뿐 똑같았다.

철주는 평소 애용하는 가죽장갑을 끼곤 조심스럽게 편지를 열었다. 편지 안에는 피와 흙탕물로 더럽혀진 A4 용지가 들어 있었다.

철주는 숨을 들이켜곤 단숨에 A4 용지를 읽어나갔다. 그 안에는 미처 철주가 처단하지 못한 이사들의 비리가 빼곡히 적혀 있었다.

'녀석이 확실해. 하지만… 어째서?'

철주는 손이 덜덜 떨리는 것을 느꼈다. 하지만 한편으론 이해되지 않는 부분도 있었다.

녀석은 증거도 없이 사람을 죽일 수 있는 숙련된 살인마다. 만약 처리하고 싶은 상대방이 있다면 직접 자기 손으로 죽이면 된다. 어차피 증거도 남지 않고 잡힐 가능성도 없으니까.

그런 녀석이 도대체 왜 번거롭게 이런 짓을 하는 걸까?

당연한 얘기지만 철주는 형사다. 그 말은 곧 녀석도 잡을 수 있다는 얘기다.

'그런 위험까지 감수해 가며 이런 짓을 한다? 배짱 한번 두둑하구만.'

철주는 어이가 없어 웃음이 나왔다.

'네 녀석이 도대체 어떤 이유로 날 이용해 먹으려고 하는진 모르겠지만, 일단 네놈 속셈대로 움직여 주마.'

철주가 책상에서 일어서며 외쳤다.

"출동 준비해! 증거 확인 나가자!"

언젠가 했던 은수의 말처럼 철주는 바보라고 생각될 정도로 정의롭다. 그렇기에 그는 은수의 생각대로 숨어 있는 악을 처단하기로 마음먹었다.

'그렇다고 해서 내가 장기 말처럼 네 속셈대로 완벽하게 움직일 거란 생각은 말아라.'

하지만 바보라 생각될 정도로 정의로운 만큼 철주의 눈엔 은수 역시 어둠 속에 몸을 가린 악당으로밖에 보이질 않았다.

'빌어먹을 놈! 지금은 떡밥이 너무 좋아서 뜻대로 움직여 주지. 하지만 금방 네 녀석도 잡아넣어 주마.'

철주가 손을 꽉 쥐고 말했다.

"그리고 박 형사, 당장 이 A4 용지 국과수 보내서 혈흔이랑 지문 검사 요구해!"

*   *   *

철주가 은수가 보낸 편지를 받은 당일이자 국봉팔 사건 발생 2일째.

철주는 은수에게 받은 편지의 진위 여부 확인을 위해 영장 신청을 한 뒤, 영장이 필요 없는 사전 조사를 실시했다.

사건 조사가 한창인 가운데, 철주가 전화를 받아 국봉팔이 실종됐음을 듣는다.

편지를 받은 지 5일째.

철주가 신청한 영장이 나와 A재단의 이사 여섯 명이 구속됐다.

그중 문진호는 없었다.

7일째.

신문에 A재단 이사들이 재판을 신청했다는 기사와 함께 증거가 워낙 명확해 별다른 이변은 일어나지 않을 거라는 사설이 올랐다.

철주가 국과수에 의뢰했던 DNA 조사 결과가 나왔다.

철주의 강력 요청으로 A재단 모든 관계자와 대조를 해본 결과 DNA는 국봉팔의 것으로 발견됐다.

그 외 다른 사람의 DNA 및 지문은 일절 발견되지 않았다.

"이런 씨발!"

철주가 분노했다.

8일째.

국봉팔은 자신에 관련된 기억을 모두 잃은 채 서울 시내를 떠돌았다.

그는 나름 머리를 써서 동사무소에 지문 감식을 의뢰해 자기 이름과 주민등록번호, 주소를 알아낸다. 그렇게 극적으로 가족과 연락, 기다리던 중 취객과 시비가 붙어 몸싸움 도중 사망했다.

취객은 차후 미성년자로 밝혀졌다.

그는 훈방 조치를 받았다.

9일째.

철주가 국봉팔을 발견했지만, 그는 이미 시체 상태였다.

*　　　*　　　*

10일째.

10일 전에 있던 위풍당당한 기세는 다 어디로 갔는지 철주
는 담배를 꼬나물곤 패잔병처럼 자기 자리에 앉았다.

'없어. 증거가 하나도 없다.'

미치고 환장할 노릇이었다.

철주는 은수가 귀신이라도 되는 것 같았다.

그가 보낸 것으로 추정되는 편지에는 국봉팔의 것 외에 지
문, 털 조각, 피 한 방울, 심지어 땀 0.1㎎조차 검출되지 않았
다.

그뿐인가?

유력한 증인인 이들은 거의 다 중환자실에서 의식 불명으
로 있거나 실종 상태, 혹은 사망 상태였다.

"후우……."

철주가 폐라도 뽑아낼 기세로 한숨을 내뱉자 옆에서 업무
를 보던 후배 박 형사가 눈치를 보다 커피 두 잔을 가져왔다.

"형님, 요즘 A재단 이사들 잔뜩 잡아와서 많이 힘드시죠?
이거라도 잡수십시오."

박 형사는 그렇게 말하곤 철주 옆에 철퍼덕 주저앉았다.

"철야가 며칠쨴지, 이제 밤낮 구분도 잘 안 돼요."

낄낄거리며 푸념을 반쯤 늘어놓은 박 형사는 슬그머니 철
주에게 물었다.

"기분 안 좋아 보이시는데… 무슨 일 있으세요?"

철주는 박 형사를 잠깐 쳐다보다가 아니라는 듯 고개를 저었다.

'말해봐야 믿지 않겠지. 정확한 증거가 있기 전까진 나 혼자만의 싸움이 될 거야.'

"근데 형님은… 집에 안 들어가십니까? 전 가족 보고 싶어 죽겠습니다."

"집에 들어가 봐야 바가지 긁는 사람밖에 없는데, 뭐. 일이나 죽어라 해야지. 세상에 못된 놈 많잖냐."

"아, 사모님께서 한 성질 하시는 모양입니다?"

철주는 머리를 긁적거렸다.

"아니. 부인 말고 어머니."

"네?"

박 형사가 되물었다. 그도 정확하겐 잘 몰랐지만, 철주의 나이는 30대 중후반이다.

"저번에 얘기 했잖아, 인마. 나 결혼 안 했어."

"죄송합니다."

"됐어, 인마. 결혼은 뭔 결혼이냐. 만날 야근에 박봉, 성깔 더럽잖아. 요즘 나 같은 남자 누가 데리고 살려고 할까. 그냥 어디 참한 베트남 처자 한 명 데려와서 살아야지."

철주가 푸념하듯 얘기하자 박 형사가 거들었다.

135

"장모님의 나라 우즈베키스탄 어떻습니까?"

"에라, 빌어먹을 새끼야."

철주가 손가락으로 박 형사의 옆구리를 푹푹 찔렀다.

"악! 악! 죄송합니다."

"어쨌든 너 때문에 힘은 좀 난다. 고맙다."

"아닙니다, 형님."

박 형사는 철주가 픽 웃으며 손짓하자 자기 자리로 돌아가 업무를 재개했다. 이번에 철주가 엄청 큰 건을 물어온 까닭에 처리할 게 산더미 같았다.

'이 건으로 더 이상 머리 아파하지 말자.'

철주는 머리를 맑게 하기 위해 숨을 크게 들이쉬었다. 형사 짓 하면서 이런 적이 어디 한두 번인가. 그리고 그럴 때마다 철주는 자기 자신만의 노하우로 일을 처리했다. 그건 바로 무 작정 찾아가 보는 것이다.

'어차피 찾아가 보면 전부 다 풀릴 문제다.'

이건 형사라기보다는 조폭에 가까운 포스를 풍기는 철주 만 할 수 있는 방법이었는데, 일종의 무력시위 같은 것이 다.

생각해 보라. 딱 봐도 위험한 냄새 풀풀 풍기는 형사가 주 변에서 계속 알짱거리며 앵앵거리면 기분이 어떻겠는가? 생 명의 위협과는 또 다른 의미에서 굉장히 무겁고 무섭다.

'혹시 위험하진 않을까?

상대는 수없이 많은 조폭을 혼자서 쳐죽인 베테랑이다. 아마 마음만 먹는다면 철주 따위는 아무런 증거도 남기지 않고 죽일 수 있을 테지. 하지만 철주는 용기를 냈다.

'녀석이 날 이용하려 하는 것을 봤을 때 적어도 아직 이용 가치가 남아 있는 한 죽이려고 하진 않을 거다.'

철주는 결국 그 방법을 사용하기로 하곤 의자에 몸을 기댔다. 그러자 의자의 푹신함에 억눌려 있던 피로가 순식간에 철주의 몸을 감싸 안았다. 철야를 이틀 연속 했으니 무리도 아니다.

'내일 당장 가보자.'

*   *   *

11일째.

철주는 계획대로 은수를 찾아갔다.

"이사장님, 손님이 오셨습니다."

"손님?"

애초에 찾아올 손님도 얼마 없었지만, 그나마 왔을 땐 오기 전에 항상 연락을 받았던 은수이기에 갑자기 찾아온 손님에 대해 호기심이 일었다.

137

"약속 없이 찾아오셨습니다. 안으로 들여도 되겠습니……."

비서가 말을 채 끝내기도 전에 불청객이 그를 밀어내고 방 안으로 들어왔다.

"안녕하십니까? 강남경찰서 강력계 형사 이철주입니다."

'이철주? 저 사람이 여긴 웬일이지?'

옛말에 도둑이 제 발 저린다고 했던가?

아무래도 은수도 벌여놓은 짓거리가 있다 보니 영 불안했다. 하지만 그것도 잠시, 은수는 금세 불안을 떨쳐 버렸다.

'어차피 내가 A재단 명예 부이사장으로 앉아 있는 한 공식적으로 몇 번은 마주쳐야 할 사이다. 별일 아니겠지.'

혹 그게 아니라 하더라도 은수에게 큰 문제는 없었다.

증거를 남기지 않으려고 이중삼중으로 조심한 은수다. 실제 철주도 아무런 증거 없이 심증만 가지고 오지 않았는가. 그러니 굳이 불안해하는 모습을 보여 긁어 부스럼 만들 필요는 없었기에 은수는 아무렇지도 않다는 듯 인사를 건넸다.

"안녕하십니까?"

"처음 뵙겠습니다."

철주는 처음이란 단어에 특히 힘을 주며 은수에게 악수를 건넸다.

비서는 그런 철주의 모습에 경비를 불러야 할지 고민하는 눈치였지만, 은수가 철주와 악수하자 괜한 걱정이었다는 듯

문을 닫고 방문 옆에 조용히 섰다.

"예, 처음 뵙겠습니다, 형사님. 뉴스에서 얼굴 자주 봤습니다. 화면보다 훨씬 미남이시군요."

은수의 처음이란 말에 철주의 얼굴에 힘줄이 잠시 돋아났다 사라졌다.

"그나저나 여긴 무슨 일이십니까?"

"그냥 업무 차 들렀다가 물어볼 게 몇 가지 있어서 왔습니다만, 흘겨보는 사람이 있어서 입을 못 떼겠군요. 비서 좀 물려주실 수 있겠습니까?"

철주가 그렇게 말하며 비서를 턱짓으로 가리키자, 은수가 비서에게 나가달라고 말했다.

"도대체 무슨 얘기이기에 사람까지 물리고 그러십니까?"

"재단 조사하는 과정에서 몇 가지 의문이 생겨서 왔습니다. A재단 중요 인물들 정보를 슥 훑어봤는데, 그중 부이사장님에 대한 정보만 빈약하더군요. 이번에 새로 오셨습니까?"

철주는 이미 조사를 다 끝마쳤음에도 전혀 모르겠다는 식으로 말했다.

"예."

"근데 부이사장님치고는 의외로 굉장히 젊으시군요. 실례가 되지 않는다면 올해로 나이가 어떻게 되는지 여쭤도 되겠습니까?"

은수는 철주의 물음에 24세라 답했다.

"직책에 비해 굉장히 어리시군요."

철주는 은수의 반응을 보기 위해 일부러 기분 나쁘게끔 속 긁는 소리를 했지만, 은수는 그런 철주의 도발에 웃으며 응했다.

"예. 그래서 이것저것 배우느라 요즘 바쁘게 지내고 있습니다."

"아하, 그러시군요. 근데 어쩌다가 그 어린 나이에 재단 부이사장이란 자리에까지 오르게 되셨습니까? 전 구호진 이사장과는 아무런 혈연관계도 없고, 그렇다고 다른 연결 고리도 없는 생판 남이던데 말입니다."

"그러게요. 저도 그게 참 신기하네요."

철주는 앞에서 아무것도 모르겠다는 표정을 짓는 은수가 가증스러워졌다.

'시치미를 뗄 생각이시군. 어차피 그 정도는 예상했다.'

"그리고 경력을 보니 전 직업이 대부업… 사채업자셨고요. 맞습니까?"

"자세하게 아시는군요. 그런데 그런 거 막 알아내도 되는 겁니까?"

"원래는 안 되는 겁니다만, A재단 사태가 사태잖습니까? 가끔은 존엄한 인간의 기본권도 국가 질서를 위해 융통성 있

140

게 구부러질 수도 있습니다."

철주의 말에 은수가 어깨를 들썩이며 '그러시겠죠'라고 말했다.

"특이하군요. 사채 쓰고 피 보신 경험 있는 분이 사채업을 하셨다?"

"네. 한번 해보니까 좋더라고요."

"그리고 그 때문에 경찰서도 자주 왔다 갔다 하셨고요. 맞습니까?"

은수는 철주의 말투가 거슬렸다.

'지금 시비 거는 건가?'

A재단 사건을 책임지다시피 하고 있는 철주였기에 은수는 한발 물러서기로 했다.

"아, 예. 제가 신고 정신이 투철해서 말입니다. 불의를 못 참아요."

은수가 구렁이처럼 농담을 내뱉자, 철주는 욱해서 가시 돋친 말로 답했다.

"아하, 그래서 명예 부이사장님 돈 안 갚은 사람 있으면 불의를 못 참고 손 좀 봐주셨군요. 그 결과로 경찰서 좀 다녀오셨고요."

이번엔 은수의 얼굴이 굳었다.

'시비 거는 거 확실하네.'

은수가 이를 꽉 깨물고 대답했다.

"에이, 그런 거 아닙니다."

"그러십니까? 근데 파일에는 용의자 선상에 올라와 계시더군요. 총 28건 중 사건 목격 1회, 폭행 26회, 그리고 살인 사건 용의자 1회. 근데 특이하게도 전부 다 증거 불충분 아니면 합의로 끝나서 범죄 경력은 없으시네요."

"그야 제가 잘못한 건 없으니까요. 전 깨끗한 사람입니다."

철주는 은수의 말에 코웃음이 나는 것을 꾹 참았다.

비록 조폭이긴 했지만 사람까지 죽인 녀석이다. 그런 녀석이 깨끗한 사람? 웃기지도 않다.

"싸움 좀 하시나 보군요?"

"아뇨. 그냥 제 몸 지킬 정도밖에."

"혹시 이 자리도 주먹으로 빼앗은 것은 아니겠죠?"

철주는 마치 농이라도 건네듯 웃으며 말했지만 은수에겐 농처럼 들리지 않았는지 얼굴이 일순간 일그러졌다.

그럼에도 말은 평온하게 아무 일 없다는 듯 말하는 은수. 그 모습에서 '더 이상 헛소리 지껄이면 가만 놔두지 않겠다'란 기세가 풍겨져 나왔다.

"설마요. 시대가 어느 시댄데 주먹으로 뺏나요."

"그렇죠. 그냥 농담 한번 해본 겁니다. 얼굴 좀 펴시죠."

철주가 웃고 있는 은수에게 일부러 얼굴 좀 펴라는 식으로 얘기하자, 은수는 웃음을 터뜨렸다.

"하하하하, 재미있군요."

"제가 원래 좀 유쾌한 사람입니다."

둘은 한동안 눈을 서로에게 고정한 채 소리 내어 웃었다.

"예. 더 궁금한 것 있으신가요? 혹 더 있다고 해도 일부러 화 돋우려는 질문이라면 듣지 않겠습니다."

"아뇨. 더 이상 없습니다. 이제 가봐야겠군요."

철주는 그렇게 말하곤 일어서서 밖으로 향했다. 그러다 문득 뒤를 돌아 말했다.

"근데 요즘 날씨가 많이 더워졌죠?"

"네, 더워졌네요."

"그렇죠? 검은 패딩 입기엔 너무 덥죠?"

여태까지 은수는 철주가 그저 자기가 A재단 명예 부이사장이니 담당 형사로서 뭐 캐갈 게 있나 싶어 왔다고 생각했다. 하지만 갑자기 튀어나온 검은 패딩이라는 말에 은수의 얼굴이 순식간에 차갑게 얼어붙었다.

"뭐라고요?"

"너무 덥다고요. 그냥 그렇다는 겁니다."

철주는 그렇게 말하곤 다시 밖으로 향했다.

은수는 철주가 나간 뒤 한동안 아무런 행동 없이 가만히 앉아 있었다.

머리가 복잡했다.

철주의 모습을 보고 있자니 마치 자신의 정체를 알고 있는 것 같았다.

새로운 이사장에 대한 정보 탐색은 그저 명분뿐, 그가 한 질문들은 전부 하나하나 날카롭고 가시 돋친 것뿐이었다.

'혹시 눈치챈 건가.'

순간 은수의 눈에 핏빛 안광이 서렸다.

'아니다. 절대로 눈치챘을 리 없다. 증거 따윈 남지 않았어.'

은수는 곰곰이 생각해 봤지만 아무리 기억을 뒤져 봐도 철주가 은수의 정체를 알아낼 만한 건더기가 없었다.

병원에서 만났을 때도 어두웠던 터라 얼굴이 보였을 리 없고, 이사장을 연행할 때도 잠깐 스쳐 지나갔을 뿐이다.

둘이 제대로 만나서 얘기한 건 처음 만났을 때인 목격자 진술 때뿐. 하지만 그나마도 시간이 엄청 지났기에 그가 기억하고 있을 리 없었다.

'설마 그냥 넘겨짚은 것인가?'

지금으로썬 그렇게밖에 생각할 수 없었다.

하긴 그럴 법도 한 게, 만약 그가 은수의 정체를 정확하게 알고 있었다면 이렇게 찾아와 심중을 떠보는 짓 따위는 하지 않았으리라.

은수는 누군가 자기 정체에 대해서 심중이라도 갖고 있다는 사실이 불쾌해졌다.

'죽여야 하나?'

은수의 눈에 드리운 안광이 마치 피처럼 뚝뚝 흘러내릴 만큼 짙어졌다.

이제 간신히 거대한 집단을 집어삼켜 일이 쉬워지려는 참이다. 경찰이 들이닥치면 곤란했다.

'아냐. 역시 죽이는 건 안 돼. 그는 아무런 죄를 짓지 않았어.'

은수는 한숨을 폭 내쉬었다.

어차피 물질적 증거가 없을 테니 철주가 혹 심증을 갖고 있다 한들 아무 짓도 못할 게 분명하다. 그리고 혹 떠들고 다닌다 한들 그 주장을 받들어줄 증거가 없으니 철주만 미친놈 될 테고 그도 바보가 아니라면 입 다물고 있겠지.

'하지만 허튼짓하면 그땐……'

은수가 고개를 휘휘 내저었다.

'경계해야겠어.'

*   *   *

145

철주는 비서의 인사를 무시하고 걸었다.

아니, 무시하는 게 아니었다. 애초에 인사를 했는지도 몰랐다.

그저 도망쳐 나오기에 바빴다.

겉으로만 애써 태연한 척하고 있었을 뿐, 심장은 터질 것같이 요동치고 다리는 멈추지 않고 떨렸다.

철주는 마치 맹수에게서 도망치는 초식동물 같은 급한 맘으로 엘리베이터 버튼을 연타했다.

하지만 엘리베이터가 올라오는 채 몇 십 초도 안 되는 시간을 견디지 못하고 곧장 비상계단으로 내려가기 시작했다.

"하아! 하아!"

철주는 한계 상황까지 달렸다. 몸은 당장 멈추라고 아우성치는데도 철주는 멈출 수가 없었다. 달리는 것을 멈추면 당장에라도 은수가 쫓아와 그를 없애 버릴 것만 같았다.

흉악한 범죄자들을 수도 없이 만나본 철주였기에 은수 역시 괜찮으리라고 자부했다.

그리고 그런 그의 생각대로 처음엔 아무렇지도 않았다. 아니, 도리어 그의 생각대로 움직여 주어 확신까지 들었다. 하지만 검은 패딩이라는 단어가 나오자마자 분위기가 변했다.

마치 눈앞에 사자를 마주 보고 있는 것같이 온몸이 벌벌 떨렸고, 심지어는 숨조차 쉴 수 없었다. 당장에라도 온몸이 갈

가리 찢겨져 나갈 것 같은 두려움이 느껴졌다.

애써 마지막까지 할 말 다 하고 나온 철주였지만, 방에서 나오자마자 그 허세는 이미 날아가 버렸다. 그저 살고 싶다는 욕망만 남았다.

철주는 결국 한계에 다다라서야 달리는 것을 멈추고 바닥에 주저앉았다. 온몸에 식은땀으로 전부 젖어 있었다.

'이은수… 넌 도대체 뭐하는 놈이냐?'

Chapter 06

돈빌려
드립니다

"사실 내가 우리 문 이사 담가 버리려고 했어. 근데 이거 어째 생각지도 않은 호박이 넝쿨째 굴러들어 왔네? 그래서 당신이 지금 이렇게 숨 쉴 수 있는 거야. 다행인 줄 알아."

시끄러운 회의장 속에서 문진호는 그날 은수가 했던 말을 곱씹으며 영혼이 빠져나간 시체처럼 멍하니 앉아 있었다.

문진호가 간통 사실을 들킨 그날 국봉팔이 실종됐다.

어디 그뿐인가? 이후 일주일도 안 돼서 경찰들이 들이닥쳐 국봉팔과 친하던 이사 여섯 명이 구속됐다.

'그러고 보면 이번에 녀석이 취임하기 직전 구호준이 죽었고, 구호진은 감옥에 처박혔다.'

문진호는 소름이 돋았다.

벌써 사건이 일어난 지 12일째.

은수는 이후 상황을 지켜보기 위해 아무것도 하지 않았지만, 문진호에겐 차라리 그게 더 무서웠다. 차라리 뭔가 말이라도 해줬으면 싶었다.

'그럼 난 도대체 어떻게 해야……'

"…문 이사, 지금 무슨 생각을 하고 있는 거요?"

문진호가 거기까지 생각하다 누군가가 자기를 부르는 소리에 정신을 차렸다.

"아?"

그를 부른 상대는 구세진이었다. 그가 무슨 말을 했는지 기억나진 않지만, 표정을 보건대 좋은 얘기는 아닌 것 같았다.

"국봉팔이 없어졌단 말이오! 그에 대해서 아는 게 없냐고 몇 번을 묻나, 지금!"

문진호는 국봉팔 얘기가 나오자 순식간에 얼굴이 하얗게 질렸다.

"그, 그걸 도대체 왜 나한테 물어보는 거요?"

"지금 나랑 장난하자는 거요? 엉! 문 이사와 국 이사가 친

152

하기도 했거니와 일 처리를 같이 했으니 아는 거 있느냐고 묻는 거 아니오!"

"나는 모르오. 난 그저 명예 부이사장과 함께 술 한잔했을 뿐이오! 그, 그 덕에 그놈이 조용해지지 않았소?"

"조용? 지금이야 잠시 조용히 웅크리고 있지만 얼마 전에 강제 집행 건에 태클 건 거 기억 안 나시오? 도대체 일 처리를 어떻게 하는 거야!"

구세진이 머리에 힘줄을 솟아내며 책상을 후려쳤다. 그러자 회의장 분위기가 순식간에 싸해졌다.

'빌어먹을 깡패 놈, 그렇지 않아도 명예 부이사장 때문에 불안해 죽겠거늘 왜 네 녀석까지 내 속을 긁어.'

문진호는 구세진의 난폭한 태도에 잠깐 짜증이 일었지만, 그저 속으로만 불편할 뿐 아무런 말도 하지 않았다.

"쯧, 겁쟁이 같으니! 이제부터 문 이사는 명예 부이사장 건에서 손 떼시오!"

"그렇지 않아도 난 이제 그 미친개한테서 손 떼기로 했소."

문진호가 진심을 담아 말하자 구세진은 우습다는 듯 코웃음을 쳤다.

"아주 꼬리 말았다고 선전을 하고 다니지 그러시오? 뭐 잘난 게 있다고 어디서 큰소리요?"

"됐으니 이제부터 구세진 이사 계획이나 말해시오. 난 듣고만 있겠소."

문진호는 다리를 꼬고 앉았다.

'어차피 난 명예 부이사장의 투망에 걸려들었다. 이제 내가 할 수 있는 건 없어. 손가락이라도 까딱하면 녀석이 날 죽일 게 분명하다.'

보아하니 구세진도 열을 적잖이 받은 것이 아무래도 뭔가 큰일을 칠 모양이다.

'하긴 여태 저놈 심기 건드리고 정상으로 돌아온 놈 하나 없었지. 아마 저 깡패 놈이 드디어 뭔가를 할 모양이로군.'

문진호의 생각대로 구세진 이사는 건달 출신이었다. 그는 전 구호진 이사장과 A재단 이사 자리를 놓고 거래를 했다. 이후 그 거래는 성립되어, 구호진은 구세진에게 이사 자리를 내어주고 구세진은 구호진이 싸놓은 똥을 치웠다.

그렇기에 이번에도 구세진이 먼저 나서서 일을 처리하려고 했던 거지만, 구세진 특성상 불법적인 힘을 이용할 가능성이 컸다. 화끈하게 일 처리를 하는 만큼 그만큼 눈에도 많이 띈다는 얘기였다.

하지만 지금 A재단엔 눈이 너무 많이 몰려 있었다. 만약 구세진이 일을 잘못 처리했다간 단체로 줄초상 날 가능성이 컸기에 문진호와 국봉팔이 나선 것이지만 둘은 패퇴했다.

"계획? 그런 게 왜 필요해! 미친개엔 몽둥이가 약이지!"

구세진은 발광이라도 하듯 날뛰며 욕설을 내뱉었다. 김필창이 옆에서 그런 구세진을 말렸다.

"구 이사님, 너무 흥분하신 것 같은데 조금 진정하시고……."

"됐어! 진정은 무슨 진정이야! 애초에 그 빌어먹을 새끼, 묻어버려야 했어!"

문진호는 그런 구세진을 보며 미소를 지었다.

'그래, 그거다, 구세진.'

어차피 이제 문진호는 은수에게 약점을 잡힌 까닭에 그의 하수인 노릇을 하게 생겼다. 그러니 그는 내심 구세진이 은수를 제압하길 원했다.

혹여 반대의 상황이 오더라도 상관없었다.

이번 사건을 경험한 본인이 볼 때 만약 구세진이 실패한다면 국봉팔보다 더하면 더했지 덜하진 않을 게 분명했다. 그땐 이사로서의 권력이 자기에게 집중된다. 그렇다면 명예 부이사장의 하수인 노릇을 해도 그다지 손해 보는 게임이 아니다.

'굿이나 보고 떡이나 먹어야겠군.'

"당장 약속 잡아! 그 녀석을 내 손으로 직접 끌어내려 주겠어!"

"구 이사님, 제발 그런 이야기는 밖에서……."

구세진은 위풍당당하게 외쳤고, 문진호는 그런 구세진을

아주 야비하게 쳐다봤다. 이후 구세진은 한동안 회의장에서
난리를 부리다 나갔다.

*　　　*　　　*

회의장 밖. 구세진과 김필창이 나란히 복도를 걸었다.

"저기… 구 이사님."

"왜 그러시오, 김 이사?"

"괜찮겠습니까?"

구세진은 김필창을 한심하다는 듯 위아래를 훑었다.

"도대체 뭐가 괜찮으냐는 말이오?"

"방법 말입니다. 저번에 듣긴 했지만 너무 과격한 게 아닐
까 싶어서요."

"그 얘기는 아까 끝난 게 아니었던 거요?"

김필창은 구세진의 말에 한숨을 푹 내쉬었다.

"예. 그렇긴 한데……"

"그러면 끝인 게지 뭘 또 그렇게 따지는 거요? 그 녀석은
이제 죽을 거요. 김 이사는 뒷수습만 하시오. 그럼 그 대가로
부이사장이란 때깔 좋은 명패를 얻을 거요."

구세진은 김필창을 쳐다보며 오묘한 미소를 지었다. 마치
한심함과 편리함이 반반씩 섞인 것 같은 그런 표정이었다.

"그래도 그건 좀……."

"그만하시오, 김 이사. 계집애 변덕 부리는 것도 아니고. 그래서 여기서 그만두시겠다는 거요?"

"아니, 그건 아닌데……."

"그만, 그만! 듣기 싫소. 남자가 칼을 뽑았으면 무라도 썰어야지 왜 그러시오?"

김필창은 그렇게 말하는 구세진을 보며 한숨을 내뱉었다.

분명 김필창도 나름대로 확신은 있었다.

구세진 역시 사람 몇 명 잡아먹은 악귀다. 그러니 깡패 출신이라는 명예 부이사장 역시 잡아먹을 수 있을 것 같았지만, 왠지 모르게 가슴 한구석이 불편했다.

"알겠습니다."

"너무 걱정하지 마시오. 내가 모든 일을 다 할 거요. 김 이사는 그저 일 끝나거든 외척 삼촌께 잘 말씀드려 경찰에 압력을 넣기만 하면 되는 거요. 참 쉽지 않소?"

구세진의 말대로 김필창이 맡은 역할은 방패였다.

기껏 구세진이 이사장 대리를 없앤다고 해도 경찰이 들이닥쳐서 이사장 하는 일 하나하나에 간섭하면 그 자리는 있으나마나 한 자리다. 아니, 도리어 감옥 들어가기 딱 좋은 자리라고 하는 게 더 옳았다.

"네, 알겠습니다. 제가 괜한 말을 했나 보군요. 잊어버리십

157

시오."

"뭐 누구나 살면서 실수할 수 있는 것 아니겠소."

구세진의 웃음소리가 복도에 울려 퍼졌다.

"자, 그럼 이제 약속을 잡아야겠구먼."

구세진이 전화기를 들었다.

한편 그 시각.

은수는 재단 업무를 마치고 승현 어머니의 집으로 향하고
있었다.

'정신없이 지내느라 승현 어머니를 까맣게 잊고 있었어.
잘 계시는지 모르겠다.'

저번에 은수가 처리한 병원 상호 감시 체계 검사를 다 하고
나오던 중 우연히 마스크를 쓴 어린 아이를 안고 있는 젊은
어머니를 보고 문득 승현 어머니가 생각난 까닭이다.

계단 구석에 거미줄이 쳐져 있는 낡은 계단을 오르고 있자
니 문득 지훈이 입을 열었다.

"질문 하나 해도 되겠습니까?"

"네."

"아까 목적지에 대해서 말씀하실 때, 승현이라는 이름을
들었습니다. 혹시 지금 향하는 곳에 의료 사고 피해자 가족
집인가요?"

은수는 잠깐 입을 다물고 있다가 맞다고 긍정했다.

"좋지 않군요."

지훈의 솔직한 감상에 은수는 한숨을 내뱉었다.

하긴 그럴 법도 한 것이, 은수가 승현에게 안 좋은 일을 한 것은 아니지만, 아무래도 지금 은수는 A재단의 이사장이다. 그리고 공교롭게도 승현을 해한 것도 A재단이고 말이다.

"얘기를 들어보니 아는 사이인 것 같던데… 그에 대해서 여쭤도 되겠습니까?"

"안 될 것 없죠. 어차피 대수로운 얘기도 아니니까요."

은수는 긴 계단을 오르며 그간 있었던 얘기를 하기 시작했다.

대부업 사무실을 차렸던 것부터 시작해서 승현을 처음 만나 사건이 생겼던 이야기까지 전부. 둘은 그렇게 과거 이야기를 안주 삼아 길고 긴 계단을 올라 나갔다.

"그런 일이 있었군요."

지훈은 이후 은수가 어떻게 그 사건 직후 A재단의 명예 부이사장으로 들어왔고, 때에 딱 맞춰 내부 고발이 이루어졌는지에 대해 궁금증이 솟아올랐지만 알아봐야 좋을 것 없을 내용 같아 묻지 않았다.

"그럼 이사장님께선 개인적인 친분으로 찾아가시는 거군요."

개인적인 친분. 맞긴 한데 아니기도 했다.

'뭔가 대화의 요점이 빗나가고 있네.'

하지만 그렇다고 은수가 지훈에게 마법에 관한 이야기를 꺼낼 수도 없는 노릇이었기에 대충 둘러대기로 했다.

"네, 그렇기도 하죠."

둘이 그렇게 얘기를 하고 있자니 금세 승현 어머니네 집 앞에 도착했다.

"여기서부턴 혼자 갈게요. 기다려 주실래요?"

"그러겠습니다."

은수는 지훈에게 고맙다는 눈짓을 한 후, 들어가기 전에 마지막으로 심호흡을 하곤 대문 안으로 들어갔다.

"계세요?"

저녁 어스름한 때라 방 안에 불이 켜져 있으니 당연히 안에 사람이 있겠지만 은수는 살며시 현관문을 노크했다. 그러자 얼마 지나지 않아 방 안에서 인기척이 느껴지며 승현 어머니 목소리가 들렸다.

"누구세요?"

"저 은숩니다."

은수가 씁쓸한 목소리로 말하자, 문 너머에 있던 승현 어머니가 이름을 곱씹었다.

"은수… 은수? 혹시?"

문이 번쩍 열렸다. 놀란 표정을 한 어머니가 보였다.

"사장님?"

승현 어머니는 은수를 반갑게 맞아주었지만 어째 입가에는 슬퍼 보이는 미소가 걸려 있었다. 아마 은수를 보니 아들 생각이 난 모양이다.

"이 누추한 집엔 웬일로……. 일단 안으로 들어오세요."

은수는 감사하다고 말하곤 조심스럽게 방으로 향했다. 그러자 저녁 준비를 하는 중이었는지 끓고 있는 찌개가 제일 먼저 보였다.

'그래도 다행이다. 식사는 하고 계시는구나.'

사건 때도 그렇고 장례식 때에도 마치 속 빈 껍데기 같은 어머니였기에 은수는 문득 안도감을 느꼈다.

"식사하셨나요?"

어머니가 끓고 있는 찌개를 보고 물었다. 그에 은수는 밥을 먹어 배가 부름에도 안 먹었다고 답했다. 그러자 승현 어머니는 온 김에 식사라도 하고 가라며 상을 차려준다고 말했다.

"먼저 방에 가서 기다려 주세요. 금방 상 차려서 갈게요."

은수는 먼저 방 안으로 들어가다 문득 방 한가운데 장판 색이 하얗게 탈색된 것을 발견했다. 다른 부분은 전부 누런데도 그 장소만은 특히 하얗게 변해 있었다. 마치 닦고 닦고 또 닦아내기라도 한 것처럼.

161

게다가 그 크기와 모양이 딱 아이 하나가 누워 있을 정도의 타원형이었다.

은수는 그 자국을 보곤 가슴이 미어지는 것을 느꼈다.

어머니는 금방 상을 차려 방 안으로 들어왔다. 둘 다 밥을 먹는 동안 아무 말 없이 기계적으로 수저만 놀렸기에 금방 밥그릇을 다 비웠다.

"사장님은 그간 잘 지내셨나요?"

"네, 그럭저럭 잘 지냈습니다. 어머니는 어떠신가요?"

어머니가 슬픈 미소를 지었다.

"그냥 그래요. 모든 게 현실감이 없네요."

살면서 가장 소중했던 사람을 잃은 고통은 어느 정도일까. 은수는 그 감정을 전부 공감할 순 없었지만, 어머니의 표정에서 깊은 슬픔과 고통을 읽어낼 수 있었다.

"승현이 없는 삶에 익숙해지지가 않아요. 이제 승현이는 없는데, 그래서 애가 입던 옷, 쓰던 물건도 모조리 태워 없앴는데… 가슴속 허전함이 사라지지가 않아요. 이제 승현이가 있는 흔적… 모조리 없는데……."

어머니는 울먹거리며 말했다. 그러다 문득 방 중앙에 남아 있는 하얀 자국을 쳐다보곤 한숨을 내뱉었다.

"이러면 안 되는데 또 제가 이러네요. 이제 다 잊어야 하는데 그게 어렵네요. 미안해요. 보기 싫죠?"

어머니는 억지웃음을 지으며 은수를 쳐다봤다.

"에그, 먼 길 찾아오셨는데 대접해 드릴 게 초라한 밥상 하나밖에 없네요."

"얻어먹으러 온 것도 아닌 걸요."

"그래도 먼 길 찾아오셨는데……."

"먼 길은 뭘요."

은수가 머쓱해하며 몸을 빼자, 어머니도 그제야 뭔가 내오려던 것을 멈추고 다시 앉았다.

"그러고 보니 뉴스는 보셨나요?"

"어떤 뉴스 말씀하시는 거죠?"

"그 의사랑 A재단 뉴스 말이에요."

은수가 직접 제보한 내용이었으니 절대 모를 리 없는 뉴스다.

"네, 봤습니다."

"그 못된 의사 놈 죽었대요. 정체불명의 괴한에게 습격을 받아 독살 당했데요."

"잘됐죠. 그런 못된 놈은 죽어 마땅하니까요."

"저도 처음엔 그렇게 생각했어요. 그 녀석 죽고 모든 게 밝혀져 그 녀석들이 처벌받으니 속이 시원했어요. 사람들이 억울한 사연을 알아주니 괜찮을 줄 알았는데… 아니더라고요."

"네?"

"범인이 죽고 그 범행을 도운 집단이 처벌 받는다고 해서 우리 승현이가 살아 돌아오는 건 아니잖아요. 그냥… 모르겠어요. 이 끔찍한 기억들이 모조리 없었으면 하는 생각밖에 없어요. 차라리 몰랐으면 매일 밤 죽을 것같이 아파하지 않아도 되니까."

어머니가 빈 껍데기마냥 힘없이 웃었다.

은수는 마치 커다란 해머로 머리를 후려 맞은 것 같은 기분이 들었다.

"죄송합니다."

"사장님이 죄송할 게 뭐가 있나요. 들어주시는 것만으로도 고마운 걸요."

"아니… 그게 아니라……."

은수는 복잡한 마음으로 한숨을 내뱉었다. 착잡했다. 마음이 바닥 끝까지 내려앉는 것 같은 기분 나쁜 착각이 들었다.

"그냥… 그렇다는 얘기에요."

어머니는 은수가 풀죽어하자 애써 웃으며 말을 맺었다.

악인은 죽었다.

그걸로 모두 끝날 줄 알았다.

사람들은 통쾌해하고 복수가 이루어진 것에 만족하며 사회에 정의가 있다고 믿게 될 거라 생각했다.

하지만 그게 아니었다. 그저 악인 하나가 죽었을 뿐 그 이상 그 이하도 아니었다. 남은 사람은 그저 계속 고통 받고 잊지 못할 악몽에 시달리며 살아간다.

'뭔가 잘못됐어. 이건 아냐.'

사실 홍길동이나 스파이더맨 같은 영웅이 될 수 있을 거라곤 애초부터 생각하지도 않았다. 하지만 그렇다고 해서 이렇게 될 거라고도 생각하지 않았다.

'이건 너무하잖아.'

은수가 눈을 꼭 감았다 떴다.

"그저 죄송하다는 말씀밖에 드릴 게 없습니다. 제가 좀 더 신경 썼어야 했는데……."

"아니에요. 사장님께선 최선을 다해주셨잖아요."

어머니는 괜찮다며 은수를 다독였지만, 그 따스한 손길이 도리어 은수의 가슴을 더욱 후벼 팠다.

"아뇨. 제가… 과연 최선을 다한 걸까요?"

"충분히 노력하셨잖아요."

"죄송해요."

상대방이 뭘 잘못했는지 모르는데도 은수는 그저 계속해서 사과만 했다.

그저 자기 편하라고 하는 사과밖에 되지 않게 보이진 않을까? 모르겠다. 이미 그럴 생각을 할 틈 따윈 없었다.

"제가 이 일을 없었던 걸로 해드릴 순 없지만… 최대한 비숫하게라도 도와드릴게요, 어머니."

"네? 도와주신다니⋯ 어떻게⋯⋯."

은수가 씁쓸한 미소를 지었다.

"전 사실 마술사예요, 어머니. 그리고 승현이가 갑자기 나 았죠? 그것도 전부 제가 한 거랍니다."

어머니는 혼란스러운 표정을 지었다.

"갑자기 무슨 말씀을 하시는⋯⋯."

"전 승현이가 다 나아서 괜찮아질 줄 알았어요. 그걸로 끝 날 거라고 생각했죠. 그럴 거라고만 철석같이 믿고 그다음부 터 병원엔 눈도 안 비췄어요. 근데 그사이에 그 빌어먹을 의 사 새끼가 승현이를⋯⋯."

은수가 한숨을 내뱉었다. 어머니는 못 믿겠다는 표정을 지 었다.

"그래서 제가 죽였어요. 죽기 직전까지 패고 마지막엔 승 현이보다 훨씬 지독하게 죽여 버렸어요. 그렇게 하면 복수가 될 거라고, 모든 게 끝날 거라고 생각했어요."

은수의 볼에서 눈물이 흘러내렸다.

"하지만⋯ 제 착각이었나 봐요. 남은 사람은 이렇게나 고 통스러워하며 하루하루를 이 악물고 견뎌내고 있는데, 저 혼 자서 영웅이라도 된 양 우쭐대고 있었네요. 죄송해요. 그저, 그저 죄송해요."

"사장님, 무슨 말씀을 하시는 건가요? 저, 저기… 너무 갑작스러워서…….”

"다 잊고 싶다고 말씀하셨죠? 그렇게 해드릴게요.”

은수가 울먹거리며 마법을 외웠다.

어머니가 물건 넘어지듯 쓰러졌다.

"한숨 푹 자고 일어나시면 이제 모두 없었던 일이 될 거예요, 어머니. 끔찍한 일 따위, 모두. 그러니까 좋은 꿈 꾸세요.”

은수는 그렇게 말하곤 마법을 영창했다.

"Selektiivne mälu kustutamine(선택적 기억 삭제).”

이후 은수는 잠들어 있는 어머니 앞에 조심스레 돈을 놓고 방 밖으로 나왔다.

'해드릴 수 있는 게 이런 것밖에 없어서 정말 죄송합니다. 행복하세요.'

*   *   *

얼마나 누워 있던 걸까.

승현 어머니, 아니, 그녀는 누군가 머리를 두들기는 것만 같은 엄청난 두통에 잠에서 깨어났다.

"아……!”

167

뇌 속에 멍이 들기라도 한 걸까. 마치 누군가가 머리를 열고 뇌를 떡 주무르듯 주무르고 있는 것만 같았다.

마치 영화 속 질식 환자처럼 손으로 몸을 질질 끌어 벽으로 몸을 옮긴 뒤 가까스로 몸을 일으켰다.

'아스피린… 아스피린을 찾아야 해.'

그녀는 약을 모아둔 서랍을 열어 급하게 아스피린을 찾았다. 잘 정리해 둔 약들이 헤집어졌지만 이미 두통에 그런 것 따윌 신경 쓸 새는 없었다.

그녀의 손에 아스피린이 닿자마자 급히 뚜껑을 열어 약을 두 알 꺼내 씹지도 않고 삼켜 버렸다.

"하아, 하아……."

머리가 깨져 버릴 것 같은 두통은 약을 먹었음에도 전혀 나아지지 않았다. 그래도 그녀는 금방 나아질 거라는 생각으로 벽에 기대앉았다.

고통에 겨워하길 약 30분. 문득 그녀의 눈에서 눈물이 흘러나왔다.

"아! 흐아… 어……."

왜 눈물이 나는 걸까. 두통이 너무 심해서? 아니었다.

그녀는 눈물이 나는 이유를 찾고 싶었지만 딱히 떠오르는 게 없었다. 아니, 아무것도 떠오르지 않았다.

마치 지우개로 모두 지워 버린 것처럼.

"억… 흐어억… 억……."

그녀는 마치 초등학생처럼 숨도 쉬지 못하고 꺽꺽거리며 울었다.

당장 이 이유도 의미도 없는 쓸모없는 울음을 그치려 해봐도 눈물샘이 터져 버리기라도 한 듯 눈에선 쉴 틈 없이 계속해서 눈물이 쏟아졌다.

그러다 문득 그녀의 눈이 방바닥을 향했다. 그러자 바닥 한가운데가 타원 모양으로 길게 탈색되어 있는 것이 보였다.

그녀는 멈추지 않는 눈물을 계속해서 닦아내고, 쏟아져 나오는 콧물을 킁킁거리며 그 바닥을 봤다.

도대체 왜 저렇게 된 걸까. 하지만 생각나질 않았다.

분명 자기가 직접 하루 종일 아들이 누워 있던 흔적을 자폐증 환자마냥 닦고 또 닦았음에도 기억이 나질 않았다.

그녀는 또 눈이 울렁거리는 것을 느꼈다. 다시 눈물이 볼을 타고 흘러내렸다.

'왜 이런 거지?'

아무것도 이해가 되질 않았다.

자고 일어났는데 머리가 아픈 것도,

자기 전까지만 해도 정상이었던 바닥이 하얗게 탈색된 것도,

그리고 그 하얗게 탈색된 자리를 보고 있자니 끊임없이 눈

물이 나오는 것도 말이다.

그녀는 결국 끊임없이 흐르는 눈물 때문에 아무것도 하지 못하고 밤새도록 울다 지쳐 잠에 들었다.

자고 일어나자 두통은 씻은 듯 사라졌고, 눈물도 더 이상 나오지 않았다. 마치 가슴 한편을 도려낸 것 같은 상실감만 뜨문뜨문 느껴질 따름이었다.

* * *

은수는 승현 어머니의 집에서 나온 후 A재단 차량에 몸을 실었다.

감정 소모가 심한 탓에 몸이 무겁게 느껴졌다.

"후……."

원래 지훈이야 말이 없으니 그렇다 쳐도 은수까지 침울한 표정으로 입을 꾹 다물고 한숨만 뻑뻑 내쉬니 차 분위기가 장례식장처럼 가라앉았다.

한동안 차 주행하는 소리만 들리길 잠시, 문득 은수가 입을 열었다.

"다음 일정은 뭐죠?"

"구세진 이사와 저녁 약속이 있습니다."

"취소해요."

원래 미리 잡은 약속을 만남 직전에 함부로 취소하는 성격이 아닌 은수였지만, 지금은 아무것도 하고 싶지 않았다.

"구세진 이사는 이사회에서도 그 권력이 막강한 사람입니다. 거기다 약속을 잡을 당시에 구세진 본인이 직접 전화를 해서 굉장히 중요한 일이 있다고 말했습니다만. 그래도 취소할까요?"

은수는 지훈의 말에 한숨을 푹 내뱉곤 말했다.

"중요한 일? 그게 뭐죠?"

지금 은수에게 있어선 그의 기분이 제일 중요했다. 너무 우울해 당장 목이라도 매고 싶은 심정이니 그보다 더 중요한 일이 아니면 화가 날 것만 같았다.

"그에 대해선 아무런 언급을 하지 않았습니다."

지훈의 대답에 은수는 아까보다 더욱 깊은 한숨을 섞어 답했다.

"일단 가보죠."

은수와 지훈은 약속 장소로 이동했다.

'또 룸살롱이야?'

은수는 약속 장소에 도착하자마자 얼굴을 찌푸렸다. 근래들어 약속이란 약속은 죄다 여자 끼고 술 먹는 장소뿐이었다.

'미치고 환장하겠네.'

그렇지 않아도 제왕제약, 문진호 사건이 연달아 룸살롱에서 터진 까닭에 은수는 룸살롱이란 장소 자체가 썩 마음에 들지 않았다. 하지만 이미 구세진은 안에 있었다.

단지 장소가 마음에 들지 않는다는 이유 하나로 생떼를 쓸 순 없었다.

결국 은수는 짜증을 꾹 참고 룸살롱 안으로 들어갔다. 은수가 룸살롱 안으로 들어가자 도어맨이 따라붙어 그를 구세진에게로 안내해 줬다.

지훈은 은수가 방 안에 들어가기 전 은수가 채 알아차리기도 전에 자리를 비켰다.

"반갑소, 명예 부이사장."

구세진은 마치 조직폭력배 보스처럼 양팔을 소파 위에 얹은 채로 거만하게 인사했고, 그런 그의 옆엔 김필창이 앉아 있었다.

"안녕하십니까?"

"아, 네."

은수는 그런 둘에게 인사를 하는 둥 마는 둥 고개만 끄덕였다.

구세진은 그런 은수의 행동에 기분 나빠진 듯 잠깐 렉 걸린 온라인 게임 NPC마냥 멈칫거렸지만 금세 다시 정상으로 돌아왔다.

'싸가지 없는 새끼, 인사하는 꼬라지하곤. 마음껏 나대봐라. 어차피 그럴 수 있는 것도 마지막일 테니까 말이지.'

구세진은 속으로 은수를 헐뜯었지만 내색하지는 않았다.

"이거 정말 오래간만에 뵙는군."

"언제 저희가 뵌 적 있었나요."

구세진의 말에 은수는 냉기를 팍팍 실어 답했다.

"부이사장님께선 나를 못 보셨을지 모르겠지만 나는 본 적 있소. 전 부이사장이 잡혀갈 때였던가? 아주 기쁘다는 듯 웃고 계시더군요."

"아, 예. 그러셨습니까."

아무럼 어떠랴. 은수는 대충 관심없다는 듯 무성의하게 대답했다.

은수는 구세진이 엄청나게 싫었다.

은수가 전에 지훈에게서 받은 자료에는 그저 객관적인 사실만 나열되어 있었지만, 조금만 곱씹어 보면 바보 아닌 이상에야 저 인간이 얼마나 썩었는지를 알 수 있었다.

제왕제약을 거래처로 처음 제안한 게 구세진이다.

일단 이것 하나만 따져도 말 다했는데, 그뿐만 아니라 입에 담기도 더러운 짓을 수없이 했다. 의사 임용 시 친인척 우선 등용, 대학교 건설업체 선정 및 수시 교체, 재단 내 여직원과의 성추행 소송에서 원고가 갑자기 실종되거나 하는 등 재단 내 비리 및 더러운 짓거리엔 거의 반드시라고 해도 될 정도로 구세진이 끼어 있었다.

"어이쿠, 이거 어린 나이에 높은 자리에 앉으시더니 자신감이 꽉꽉 솟아나시나 보군, 명예 부이사장?"

구세진은 그런 은수가 가소롭기라도 하는 양 웃었다.

"그래서 문제 있습니까?"

그리고 은수는 그런 구세진의 도발에 당당하게 맞섰다.

그렇지 않아도 기분이 좋지 않은 은수였기에 조금이라도 더 도발하면 당장 울고 싶은데 뺨 맞은 사람마냥 득달같이 달려들 셈이었다.

분위기가 차갑게 가라앉자 앉아 있던 김필창이 당황한 듯 급히 끼어들었다.

"에그그, 좋은 술 앞에 두고 왜들 그렇게 으르렁대십니까? 일단 두 분 다 진정하시고 한잔 받으십시오."

김필창은 그렇게 말하며 조심스럽게 은수에게 먼저 술을 따르고 이어 세진에게 술을 따랐다. 그는 그러면서 구세진에게 곤란한 표정을 지어 보였다.

'왜 이러십니까? 너무 급하신 것 같습니다.'

세진은 그런 김필창을 보며 알겠다는 듯 고개를 끄덕였다.

위의 태도만 봐도 알 수 있겠지만, 사실 구세진과 김필창 두 이사는 은수에게 무력시위를 하기 위해 약속을 잡은 것

174

이다.

자랑은 아니지만 구세진은 여태까지 여러 번 사람 잡아먹은 경험이 있었기에 나름 자신감이 있었다.

'아주 시체도 못 찾게 만들어주마.'

게다가 이번엔 아주 좋은 방패막이까지 있지 않은가?

사실 김필창과 구세진이 친하긴 했지만 그건 말 그대로 사적인 친분이다.

김필창은 굉장히 소심하고 겁 많은 사슴 같은 인물이었기에 무슨 일이 벌어져도 무조건 눈부터 가리고 몸을 웅크려 소극적인 대처만 했다. 하지만 이번엔 웬일인지 구세진의 편을 적극적으로 들어줬다.

'역시 부이사장 자리가 탐이 나긴 나는 모양이로구만.'

구세진은 교활한 미소를 지었다.

김필창의 외척 중 소위 말하는 엄청나게 높으신 분께서 계시니 김필창이 입김 조금만 넣어주면 구세진이 여기서 뭔 짓을 해도 공권력이 개입하는 일 따윈 없을 게 분명하다.

"좋은 술 앞에 두고 내가 너무 성급했나 보군. 일단 한잔 받으시게."

구세신은 그렇게 말하며 은수 잔에 은수보다도 나이가 많은 양주를 따라주곤 다음으로 김필창, 이어 자기 잔에 따랐다.

이후 건배를 외치며 술잔과 술잔이 부딪쳤고, 각자 술을 한 모금씩 들이켰다.

"역시 술은 비싼 녀석을 먹어야 해. 향이 좋거든."

구세진은 술맛이 만족스러운 듯 입가를 비틀어 웃었다.

"술 얘기는 그만하고 절 부른 용건이나 듣죠."

은수는 일부러 술잔을 소리 나게 내려놓으며 구세진을 노려봤다. 그러자 김필창은 겁먹은 듯 움츠러들었지만, 구세진은 웬 하룻강아지가 범 무서운 것 모른다는 표정을 지었다.

"맛 좋은 술 앞에 두고 왜 그러시는가? 술부터 들게."

"말장난할 기분 아닙니다."

은수가 톡 쏘자 구세진은 입가만 비틀어 웃었다.

"그렇지 않으면 그게 네 마지막 술잔이 될지도 모르는데 말이지. 후회하지 않겠어?"

은수는 구세진의 말에 웃었다.

"지금 협박하시는 겁니까?"

"그렇지. 맞아, 협박. 난 지금 널 협박하고 있어."

"그럴 거라면 번지수 잘못 찾았습니다."

은수는 최대한 분노를 억누르며 말했지만 구세진은 그저 웃었다.

"허허허, 새끼 봐라? 그래도 마지막이라고 기분 좀 내게 해 줄라 했더니만 아주 나대는 꼴이 거만해서 더는 못 보겠네.

야, 꼬맹이, 국봉팔 죽인 게 너지? 그리고 상황을 보건대 구호
준을 죽인 것도 너야."

은수는 뜬금없이 튀어나온 구세진의 말에 입을 다물었다.

"우연이 너무 많이 겹쳤어. 구호준이 죽은 것부터 시작해
서 이사장, 부이사장이 구속되고 바로 이어서 국봉팔이 실종
됐지. 참 신기해. 어째서 너와 이해관계가 얽힌 사람들이 모
조리 그렇게 됐을까?"

구세진은 자기 술잔에 술을 따라 마시곤 말을 이었다.

"난 네놈이 무척이나 싫어. 하지만 또 한편으론 흥미롭더
군. 어떻게 너 같은 녀석이 저런 거물들을 처리했을까 하고
말이야. 그래서 조사를 좀 해봤어. 내가 테이블 아래로 손이
좀 넓거든. 근데 말이야, 아무리 알아봐도 정보다운 정보는
하나도 없더라고?"

구세진은 재미있는 희극이라도 본 양 픽 웃었다.

"뒤를 봐주는 조직도 없고 그렇다고 어디서 돈을 받아먹는
것 같지도 않아. 얻은 정보라곤 네 전적이 주변 사채업자 모
조리 잡아먹는 사채업자라는 것 단 하나뿐이었어."

은수가 대답하려는 찰나 구세진이 입을 다시 열었다.

"하지만 이제 그런 건 아무래도 상관없어. 네 뒤에 누가 있
든 오늘 내가 널 죽이면 그 녀석이 본체를 드러내겠지. 넌 너
무 설치고 다녔어. 나이도 어린 새끼가… 싸움 좀 한다고 눈

에 뵈는 게 없지? 단지 눈이 많아서 네 녀석을 내버려 둔 것도 모르고 아주 제 세상인 양 날뛰고 다니더군. 하지만 그것도 오늘로 끝이다."

은수는 구세진의 말을 듣고도 아무 반응 없이 팔짱만 끼고 있었다. 구세진은 그런 은수가 자기 패기에 짓눌려 겁먹었다고 생각했다.

'아래에 손이 많다?'

그러고 보니 은수는 아직 승현 어머니를 습격한 괴한의 배후를 알지 못했다. 당시 그들에게서 전화번호를 받아 저장해 놓긴 했으나, 그 전화번호는 구호준, 구호진의 것과는 또 다른 번호였다. 당시엔 그러려니 하고 넘어갔지만 지금 와서 구세진의 얘기를 들으니 뭔가 흐릿하게나마 냄새가 나는 것 같았다.

"자, 그럼 술이나 받아라. 좋은 술 앞에 두고 죽이기 아까우니 적어도 술이 다 떨어질 때까진 살려주마."

구세진은 마치 선심이라도 쓰듯 호탕하게 웃으며 은수의 잔에 술을 따랐다. 은수는 묵묵히 술잔을 받곤 물었다.

"궁금한 게 있다."

"말해봐."

"혹시 이승현이란 꼬마 집에 건달 보낸 것도 네 짓이냐?"

구세진은 갑자기 뭔 개소리냐는 듯 말했다.

"그게 누군데?"

은수는 그런 구세진의 반문에 얼굴을 사정없이 구겼다.

"임상 실험 피해자 말이다!"

은수가 이를 꽉 깨물자, 구세진은 은수가 화를 내는 이유를 알 수 없다는 듯 고개를 갸웃거렸다.

"아아, 그거? 그래, 내가 그랬다. 호진 놈 동생 녀석이 시끄러운 년 하나 있다고 도와 달라길래 내가 찌꺼기 몇 보냈지. 말단 중에서도 말단이었던가? 언제 잘라내도 상관없는 녀석으로 말이야."

"이 개새끼!"

은수가 이를 드러내고 분노를 표출하자 구세진은 아무것도 모르겠다는 표정을 지었다.

"근데 그게 뭐? 그년한테 내가 뭘 하든 네가 무슨… 아아아, 그래. 그리고 보니 네 녀석 사무소가 그 동네에 있었지? 오호라, 구호준을 왜 죽였나 했더니 그년이 네 애첩이라도 되는 모양이지?"

구세진은 이야기가 재미있게 흘러간다는 듯 끌끌거리며 웃었다.

은수는 그 웃음소리 위로 승현 어머니의 흐느낌이 겹쳐 들리는 것 같은 착각이 느껴졌다.

은수는 가슴속에서 뭔가 끊어져 나가는 걸 느꼈다.

'겨우 저딴 놈들 때문에 승현 어머니가……'

"네놈에겐 양심도 없나? 화목했던 가정 하나를 송두리째 박살 내놓고도 그렇게 웃을 수 있냐고?"

"양심? 입바른 소리 그만해라, 꼬맹이. 어차피 너도 이 바닥 사람이면 알 거 아니냐? 양심 따위, 돈과 권력만 준다면 골 백번이라도 팔아주지. 크하하하!"

더 이상 말할 가치도 없었다.

"애초에 너 같은 새끼들만 없었어도 모든 게 틀어지는 일 따윈 없었어! 모든 게 전부 다 네놈들 때문이야!"

은수가 소리를 질렀다.

애통했다.

원통했다.

항상 은수가 간신히 행복을 찾아 되돌려주면 구세진 같은 이들은 아무렇지도 않게 그 행복을 짓밟았다.

"이제 다 필요 없어. 너희 같은 새끼들, 다 죽여 버리겠다."

"하하하! 네놈 참 재미있군. 해보려면 해봐라. 지금 호랑이 아가리 속에 들어와 있는 건 알고 그러는 거냐?"

"아아, 이제 그만. 입 싸움은 질렸다."

"그래, 네놈이 죽으려고 환장을 했구나."

구세진은 마치 영화 속 악당처럼 크게 웃다가 웃음을 뚝 끊고는 외쳤다.

"저 새끼, 죽여 버려!"

그 말이 떨어지자마자 방문이 열리며 방금 봤던 도어맨 옷차림의 사내 네다섯 명이 들이닥쳤다.

은수는 이제부터 이 방 안에 있는 녀석들을 모조리 없애 버릴 생각으로 마법을 시전했다.

될 수 있으면 살인은 하려 하지 않으려 했지만, 이미 그런 이성 따윈 분노에 잡아먹혀 없어져 버렸다.

"Jigeuharap's hävitav. kiir(지그하랍의 파괴 광선)."

Chapter 07

돈빌려
드립니다

마법이 끝나자마자 은수의 손 안에서 뭔가 파직 하고 튀더니 쏜살같이 룸살롱 방구석에 박혀 있는 CCTV 사이로 들어갔다. 그 모습이 마치 번개 같았다. 이후 은수는 똑같은 마법을 한 번 더 외워 이번엔 형광등을 향해 쏘아냈다.

"아?"

룸 안에 있던 모두는 허공을 난 게 뭔지 깨닫기도 전에 쨍 소리에 놀라 바닥에 엎드렸다. 그런 그들 위로 뜨거운 형광등 파편이 쏟아져 내렸다.

그뿐만이 아니었다. 그들이 다시 일어섰을 때엔 시야가 어두워져 있었다. 룸이야 형광등이 깨졌으니 당연했지만 룸뿐만이 아니었다. 지하 전체에 불이 나갔다.

"이게 무슨 일이야!"

은수가 혹시 모를 CCTV에 대비해 전자기기에 과전압을 준 것이다.

예전에 사용한 전하 이동이란 마법은 잠시간 전압을 높여 퓨즈가 내려가게 하는 용도로 사용했지만 이번엔 달랐다.

상식적으로 생각해 보자. 아주 잠깐 번쩍하는 스파크로 퓨즈가 내려간다. 그렇다면 눈에 확연히 보일 정도로 위험천만한 전기가 꽂힌다면?

공업용이면 모를까, 일반 가정용이라면 채 전기가 차단되기도 전에 전자기기가 모조리 타버린다.

은수는 방이 어두워진 것을 확인하곤 자리에서 일어났다. 그사이 도어맨들도 각각 핸드폰 라이트를 켜거나 하는 등 준비를 끝내곤 급히 은수에게 달려들려 했다.

"후으……."

반면 은수는 전혀 서두르지 않았다. 단지 이젠 붉다 못해 당장 피라도 토해낼 것 같은 붉은 눈만 반짝반짝 빛내며 입을 열었을 뿐이다.

"Telekineesi(염동력)."

은수가 마법 영창을 마치자마자 은수에게 달려들던 도어

맨이 어마어마한 소리를 내며 벽에 처박혔다.

방 안에 있던 일동은 초현실적인 일을 마주한 것에 모두 굳어버렸다.

"끄아아아아!"

벽에 박힌 남자가 꿈틀거리며 비명을 지르기 시작했다. 방금 전 충돌로 인해 이미 견갑골이 부러져 행동 불능이 됐을 게 분명한데도 은수는 마법을 멈추지 않았다.

아니, 도리어 마법으로 더욱 강하게 도어맨을 짓눌렀다.

한동안 방 안에 고기가 뭉그러지는 끔찍한 소리가 울려 퍼졌다.

처음엔 도어맨도 미친 듯 비명을 지르며 발버둥 쳤지만 이내 마법이 강해지자 그것도 불가능하게 되어버린 건지 꺽꺽 소리만 내며 벌레처럼 꿈틀거렸다. 그리고 머지않아 마치 거대한 발에 밟히기라도 한 양 비현실적인 소리를 내며 터져 버렸다.

퍼석 하는 소리와 함께 물 풍선 터지듯 붉은 뭔가가 방 안으로 잔뜩 튀었다.

"이……!"

그 광경을 지켜보던 이들은 전부 넋을 놓았다.

그럴 법도 한 게, 스너프 필름에서나 나올 법한 장면이 방금 실제로 일어났다.

게다가 잔인한 것도 잔인한 것이지만 그보다도 지금 일어
난 일을 믿을 수 없었다.

방금 전까지 몽둥이를 휘두르던 사람이 갑자기 휙 날더니
픽 터져 버렸다.

이게 현실적으로 가능한 일인가.

"후으……."

피 칠갑을 한 은수가 살기가 잔뜩 실린 한숨을 내뱉으며 방
안 남은 사람들에게로 고개를 돌렸다.

"으아아악! 도망가!"

그러자 그들은 그제야 자기가 어떤 상황에 처했는지 깨닫
곤 도망가려 했다.

방 안이 순식간에 아수라장으로 변했다. 너도 나도 문밖으
로 나가려고 애썼고, 서로 자기가 먼저 나가겠다며 다퉜다.

"*Mauirs' s kohutav ruumilise moonutamist(마윌스의 끔찍한*
공간 왜곡)."

은수는 그런 그들을 바라보며 작게 읊조렸다. 그리고 끔찍
한 일이 벌어졌다.

도어맨들이 모여 있던 공간 자체를 믹서기에 넣고 갈아버
리기라도 한 듯 사람들이 순식간에 빙글빙글 돌더니 이내 사
람이라고 할 수 없는 끔찍한 고깃덩이로 변해 버렸다.

끔찍한 시간이 약 10초가 지나고 은수가 마법을 끝내자 공

중에서 빙글빙글 돌던 고깃덩이가 바닥에 떨어져 축 늘어졌
다.

구세진과 김필창은 그 모습을 보고 쉴 새 없이 비명을 질렀
다.

"참 웃기지 않아? 내가 아무리 이 힘을 이용해서 사람들을
구해도… 너희 같은 녀석들이 어디서든 나타나서 그 사람을
다시 절망의 구렁텅이로 밀어 넣어."

"으, 으어어어……."

구세진과 김필창은 어마어마한 공포를 이겨내지 못하고
주저앉았다. 그대로 미쳐 버리기라도 한 건지 아무 말도 안
하곤 좀비마냥 으어어, 으어어 하며 오들오들 떨었다.

"그래도 내가 구하고 구하고 또 구하면 괜찮을 것 같았어.
근데 아니더라? 그 사람들은 내가 아무리 구하고 도와줘도 말
이야, 너희들이 남긴 상처를 영원히 가슴속에 품고 살아. 절
대 잊지 못하고! 난 그 상처를 보듬어주지 못했어. 내가 할 수
있는 건… 없었다고! 씨바알!"

은수의 붉은 안광이 둘을 번갈아 쳐다보자 둘은 포식자 앞
에 놓인 토끼마냥 몸을 웅크렸다.

"그래서 생각했어. 아니, 방금 너희가 생각나게 해줬어. 차
라리 내가 그 상처를 치료해 줄 수 없다면 말이야, 너희 같은
녀석들을 죽이고 죽이고 또 죽여 버려서 이 세상에 너희 같은

새끼들이 단 한 마리도 남게 하지 않으면 될 것 같아. 너희 같은 놈들이 더 이상 남지 않으면… 더 이상 상처받는 사람도 없다는 얘기잖아?"

은수가 말을 마치고 손을 들어 둘에게 마법을 걸으려는 찰나, 문 주변에 있던 고깃덩이에 휴대용 랜턴 불빛이 비춰지더니 복도가 시끄러워졌다.

다른 사람이 온 모양이다.

"더 있는 건가?"

은수가 하려던 일을 멈추고 몸을 옮겨 복도 밖으로 향했다. 그 길에 이미 고깃덩이 산으로 변해 버린 도어맨들을 밟고 지나갔다.

"구 이사님?"

은수가 복도로 나가자 소리를 듣고 찾아온 다른 도어맨들이 보였다. 숫자는 여섯이다.

그들이 방 안에서 튀어나온 은수를 보고 깜짝 놀라 그에게 불빛을 비추자, 피와 살점을 잔뜩 뒤집어쓴 은수의 모습이 보였다.

도어맨은 그런 은수를 보곤 얼굴을 찡그리며 욕설을 내뱉었다.

"너 누구……? 이런 씨발! 도대체 이게 무슨 일이야!"

은수는 제일 먼저 눈에 띈 도어맨에게 마법을 시전했다.

"*Küte vedelikud*(체액 급속 가열)."

그러자 방금 전까지 말을 하던 도어맨이 갑자기 쓰러져 발광했다. 그러길 잠시, 도어맨의 피부가 급속도로 부풀어 터져버렸다. 터진 틈 사이로 붉은 증기가 새어 나왔다.

다른 도어맨들은 그 증기를 마시자 호흡 곤란이 왔는지 껵껵거렸다.

"*Suruõhk*(압축)."

은수가 그 붉은 증기를 향해 마법을 부리자 증기가 마치 청소기에 빨려지듯 은수의 손 위로 모여 붉은 구슬 형태로 변했다. 은수는 그 구슬을 바로 다른 도어맨의 얼굴 앞으로 집어던졌다.

Jkn silmad(마법 해제)."

가만히 서 있던 도어맨의 머리가 터졌다. 피가 튀고, 두개골 파편이 하늘을 날았으며, 허연 뇌수가 벽에 흩뿌려졌다.

15초.

두 명이 죽었다.

"*Jaotus*(붕괴)."

또다시 붉은 안광이 춤을 췄다. 이번엔 갈색 작은 구체가 빠른 속도로 날아가 다음 희생양에게 부딪쳤고, 그 희생양은 구체에 맞자마자 먼지로 변해 무너져 내렸다.

"*Tots külgetõmbumine*(과중력)."

은수는 먼지가 무너져 내리는 것을 확인하자마자 바로 다음 마법을 시전했다. 그러자 그 마법에 맞은 도어맨은 마치 1톤 철근에 깔리기라도 한 듯 그대로 납작하게 짓눌렸다.

30초.

네 명이 죽었다.

"흐아⋯⋯!"

짧은 시간에 너무 많은 마력을 사용한 까닭일까?

은수는 문득 코에서 피가 흘러나오고 있다는 것을 깨달았다.

'빌어먹을. 마나를 너무 많이 썼어.'

더 이상 마법을 쓰면 몸에 이상이 올 징조가 분명했지만, 이미 분노에 사로잡힌 은수는 아무래도 상관없다고 생각했다.

"도망쳐!"

남은 두 도어맨은 무슨 일이 일어났는지는 이해하지 못했지만 본능적으로 몸을 뒤로 돌리곤 달렸다. 하지만 은수는 그런 둘을 그냥 보내줄 생각이 없었다.

'죽어!'

"Sulamistemperatuur(용해)."

은수가 도어맨들이 향하는 방향 바닥을 보고 말하자, 그 바닥이 잠시 울렁거렸다. 그리고 도어맨들이 그 바닥을 밟자 마

192

치 늪지대에 빠지기라도 한 양 쑥 꺼져 버렸다.

둘은 느리게 바닥으로 빨려들어 갔다. 그들은 그 와중에도 살려달라고 은수에게 애원했지만 은수는 아무런 감정 없이 살려달라는 사람의 머리를 발로 차버렸다. 그러자 목이 기괴한 방향으로 꺾이더니 더 이상 움직이지 않았다.

1분. 여섯 명이 모두 죽었다.

＊　　　＊　　　＊

5분. 열댓 명 되는 사람들을 죽이고 뒤처리까지 끝내는 데 걸린 시간이다.

"하아… 하아……."

은수는 문득 눈을 껌뻑이다가 눈꺼풀 끝에 질척한 액체가 묻어 있음을 깨닫고 눈을 비볐다. 그러다 손등에 붉은 무언가가 잔뜩 묻어 있었다. 이미 붉게 물들어 버린 시야에서도 확연하게 알 수 있는 짙은 붉은색.

피였다.

"아……."

그 피를 발견하자 문득 엄청난 고통이 은수의 몸을 꿰뚫고 지나갔다. 방금 전까지만 해도 광기에 홀려 느끼지 못했던 고통이다.

"아악!"

은수가 입을 벌리고 고통을 토해내자 신음과 함께 이빨 몇 개가 툭 떨어졌다.

떨어진 이빨을 보자 은수는 좋지 않은 기억이 떠올랐는지 흩어진 이빨을 재빨리 주워 주머니에 넣곤 입에 고인 피를 뱉어냈다.

마나 남용으로 인한 후폭풍은 이후 몇 분간 은수에게 지옥 같은 고통을 선사했다.

은수는 금방이라도 고통에 정신을 놔버릴 것 같았지만 정신력으로 꾹 버텼다.

"안 돼. 아직 할 일이 남았어."

은수는 걸레조각 같은 몸을 움직여 제일 먼저 룸살롱의 입구를 마법으로 막아버렸다. 그런 다음,

"사, 살려줘! 죽고 싶지 않아!"

사냥을 시작했다.

한동안 룸살롱 안에 비명이 울려 퍼졌다. 개중에 총을 꺼내 은수를 위협하려는 자도 있었지만, 이미 총에 대한 대비책을 완료한 은수에겐 아무런 소용이 없었다.

은수는 그렇게 룸살롱 안에 있는 잔당을 모조리 없앤 뒤 염동력을 사용해 그가 만들어놓은 온갖 잔해를 융해된 대지에 밀어 넣곤 원상 복귀시켰다.

"*Tahkestamine(고체화)*."

이후 은수는 구석에 숨어 벌벌 떨고 있는 지훈에게 다가갔다.

"으, 으어어어! 사, 살려주세요. 잘못했어요. 살려주세요."

지훈의 평소 딱딱한 모습은 어디 가고 그는 피를 잔뜩 뒤집어쓴 채 겁에 질려 있었다.

은수는 그런 지훈을 마법으로 재우곤 질질 끌어 구세진과 김필창이 있는 방으로 데려와 그를 소파 위에 뉘었다.

'이런 장면 보여줘서 미안해요. 금방 지워줄게요.'

은수는 제일 먼저 구세진과 김필창에게 다가갔다.

"마음 같아선 너희들을 제일 먼저 갈아버리고 싶었지만… 너희는 그렇게 허무하게 죽어선 안 돼. 제일 슬프게, 힘겹게 죽어라."

은수는 일단 구세진의 머리에 손을 얹고 마법을 걸었다.

"*Teadvuseta kontroll(무의식 제어)*."

은수는 한동안 말없이 구세진의 머리에 손을 얹고 있었다. 그는 마법이 끝나자 김필창에게로 손을 옮기곤 같은 마법을 사용했다.

"*Teadvuseta kontrol……*."

은수는 김필창에게 마법을 걸다가 문득 왼쪽 고막에 송곳이라도 꽂힌 것 같은 고통을 느꼈다.

"아아악!"

은수는 귀에 손을 올려놓곤 김필창을 바라봤다.

'아? 마법이 완성됐던가?'

잘 모르겠다. 여태껏 은수는 마법 완성의 여부를 억제력, 혹은 마법 특유의 반작용—귀가 간지럽다거나 눈이 당긴다거나 하는 등—으로 판단했다. 그렇기에 방금 같은 아무런 이펙트가 없는 마법은 억제력이 없으면 완성됐겠지 했던 것. 하지만 지금같이 마나가 떨어진 상황에선 마법을 완성해도 억제력이 작용된다.

'다시… 해야 하나?'

확실한 게 좋다는 생각에 그렇게 하려 했지만 은수의 손이 움직이질 않았다. 고통이 무서웠다. 방금 전 마법을 부린 휴유증으로 귀가 얼얼했다.

'실패하면… 이번엔 어디지?'

그뿐만이던가. 은수는 이 현장에서 최대한 빨리 탈출해야 했고, 그러기 위해선 몇 번의 마법을 더 써야 했다.

'잘 됐겠지.'

은수는 그렇게 단정 짓곤 지훈을 들쳐 멨다. 더 이상 마나를 낭비할 수 없었다.

"*Nähtamatus(투명화)*."

마법이 발동되자 격렬한 고통이 은수를 뒤흔들었다. 하지만 다행히도 마법 발동은 잘 된 건지 은수와 지훈의 몸이 투명하게 변했다.

은수는 그 상태로 지훈을 들쳐 메곤 룸살롱 밖으로 향했다.

*　　　*　　　*

시간이 얼마나 흘렀을까. 구세진이 눈을 떴다.

그의 눈은 마치 누군가에게 조종이라도 당하고 있는 양 생명의 기운이 없었다.

구세진은 약 2분 정도 시체처럼 누워 있다가 문득 주변을 살폈다. 그러자 어둠에 익숙해진 눈 사이로 피범벅이 된 방 안이 보였다.

정상인이라면 누구나 비명을 지르거나 놀랄 법한데도 구세진은 아무렇지도 않다는 듯 자리에서 일어나 밖으로 향했다.

"저, 저게 뭐야!"

"무슨 냄새지?"

구세진은 피투성이인 그대로 밤길을 걸었다. 그러자 사람들은 그를 보고 깜짝 놀라 물러서거나 코를 막았다.

간혹 어떤 사람들은 그에게 욕지거리를 내뱉기도 했다.

"씨발! 깜짝이야! 뭐 이런 미친 새끼가!"

하지만 구세진은 전혀 신경 쓰지 않았다. 그는 마치 영화 속 좀비마냥 터덜터덜 걸었다. 그리곤 택시를 잡았다.

택시 기사는 구세진의 모습을 보고 승차를 거부했지만, 구세진은 아무 반응 없이 조수석에 앉았다.

"강남 타워팰리스로 갑시다."

"아, 씨! 타지 말라니까요! 시트에 다 묻잖아요!"

"강남 타워팰리스로 갑시다."

"강남이고 나발이고, 험한 꼴 보기 전에 내리쇼!"

기사가 버럭 소리를 지르자 구세진이 입을 꾹 다물었다.

기사는 이제 이 더러운 손님이 곧 내리려니 싶었지만, 그의 생각과는 달리 구세진은 내리지 않았다. 대신 말없이 기사를 쳐다봤다.

"내리라니까… 요…….''

기사는 온몸이 서늘해지는 것을 느꼈다.

처음엔 그저 페인트인 줄 알았다. 하지만 지금 맡아보니 왠지 고기 비린내가 나는 것 같기도 했고, 무엇보다 지금 자리에 앉은 구세진의 어깨 위에 정체불명의 붉은 조각이 올려져 있었다.

자세히 보니 길고 주름진 것이 마치 내장 파편 같이 생겼다.

"타워팰리스."

구세진이 다시 말했다.

택시 기사가 얼어붙었다.

"타워팰리스!"

구세진이 소리를 질렀다.

택시 기사가 겁에 질렸다.

기사는 당장에라도 구세진이 품에서 회칼을 꺼내 자기 배에 틀어박을 것만 같아졌다.

"아, 알겠습니다!"

기사가 급히 엑셀을 밟았다.

택시 기사는 있는 힘껏 밟아 최대한 빨리 구세진을 타워팰리스 앞에 내려놓았다.

과속에 신호 위반, 심지어는 역주행까지 했다. 최악의 경우엔 택시 기사 인생이 끝나겠지. 그럼에도 기사는 구세진을 내려놓았다는 사실에 안도했다. 택시 기사 인생쯤이야 자기 인생이 끝나는 것보다야 훨씬 나았으니까.

구세진은 지갑 속에서 오만 원권 지폐를 꺼내 택시기사에게 건네주곤 버럭터딜 걸어 자기 집으로 향했다.

익숙한 손길로 암호 키패드를 누르고 엘리베이터로 몸을 옮겼다.

1층, 5층, 10층, 15층, 20층······.

자기 집이 다가올수록 구세진의 손이 점점 떨리고, 눈동자가 미친 듯 춤을 췄다.

떵 하는 기계음과 함께 엘리베이터가 멈추자 구세진은 다시 터덜터덜 걸어 자기 집으로 향했다.

다시 한 번 암호 키패드. 구세진은 암호를 입력해 잠금을 풀고 그다음으로 열쇠를 꺼내 열쇠 구멍에 끼워 넣고 돌렸다. 워낙 척 진 사람이 많아 이렇게 이중 장금장치를 해놓은 것이다.

아마 구세진이 그의 최후를 알았다면 굳이 이렇게 이중 장금장치를 해놓는 바보 같은 짓 따윈 하지 않았을 것이다. 내부로부터의 적에겐 이런 암호나 이중, 삼중 장금장치 따윈 쓸모없는 것이니까.

구세진이 문을 열자 환한 빛이 쏟아져 어두운 복도를 수놓았다.

"여보?"

여자의 목소리와 함께 단란한 가정의 소리가 들려왔다. 부글부글 끓는 찌개 끓는 소리와 도마 위에 무언가를 넣고 써는 소리. 아마 한 가정의 어머니가 가족들의 저녁을 위해 봉사하는 소리이리라. 그리고 거실에선 시끄러운 TV 소리와 함께 여자의 것으로 보이는 웃음소리 두 개가 들려왔다.

그야말로 행복한 가정이었다.

피투성이의 가장만 제외하면 말이다.

구세진은 터덜터덜 걸어 흙 묻은 구두 그대로 집 안으로 들어갔다. 그러자 그의 발을 따라 핏자국이 뒤따랐다.

"음? 누구 왔어요?"

구세진이 대답하지 않자, 부엌에 있던 여자가 다시 한 번 물으며 출구로 나왔다. 그리고,

"꺄악!"

비명을 질렀다. 거실에서 들리던 웃음소리가 멈췄다.

"여, 여보! 왜 그래요? 그건 다 뭐예요!"

구세진의 부인은 그의 몰골을 보고 깜짝 놀라 비명을 지르며 물었지만, 구세진은 아무런 대답도 해주지 않았다. 단지 손과 눈동자를 미친 듯이 떨었다.

"으어어……."

마치 좀비와 같은 구세진의 모습.

부인은 그런 구세진을 보고 뭔가 잘못됐음을 깨달았다.

"여보? 여보!"

부인이 구세진에게 달려가 그의 옷을 붙잡고 흔들었지만, 구세진은 아무런 반응도 하지 않았다. 그저 부엌으로 향했을 뿐이다.

"아, 아빠! 꺄악!"

구세진이 부엌으로 걸음을 옮기자 TV를 보던 두 딸이 비명

을 질렀다. 큰 아이는 대학생, 작은 아이는 고등학생쯤 되어 보였다.

"어디 가는 거예요, 여보? 그 피는 다 뭐예요? 그리고 이 건 더기들은 다……. 여보? 뭐, 뭐해요? 거긴 칼 수납장인데… 거긴 왜? 여보? 잠깐만요. 진정해요, 여보. 여보? 여보? 당신, 왜 그래요?"

부인의 눈동자에 공포가 번져 나갔다. 칼이 들린 구세진의 손이 금방이라도 뚝 떨어질 듯 오들오들 떨렸다.

"여보, 그 칼 내려놔요. 우리 얘기로 해요. 당신에게 무슨 일이 생긴 거예요?"

부인은 구세진에게 조심스럽게 다가갔다. 양손을 앞으로 하고 대화를 하자는 몸짓을 했다. 하지만,

푹 소리가 났다.

"아……."

칼이 정확하게 부인의 목과 왼쪽 어깨의 접합면에 틀어박혔다.

당사자들에겐 영원과도 같은 1초간 핏빛 침묵이 온 방 안을 감싸 안았다. 그리고 그 1초가 끝나자 찢어지는 비명이 울려 퍼졌다.

"엄마!"

구세진은 여전히 시체 같은 표정을 지은 채 마치 기계가 일

처리를 하듯 부인의 목에서 칼을 뽑아냈다. 그러자 마치 수압 센 파이프에 금이 간 것처럼 목에서 피가 분수처럼 쏟아졌다.

부인이 쓰러졌다.

"왜 그래! 아빠 미쳤어?"

큰딸이 소리를 질렀다.

"엄마! 엄마!"

작은딸은 피 분수를 뿜는 엄마에게 달려가 그녀를 끌어안았다. 그사이 큰딸은 전화기를 꺼내 119에 전화를 했다.

"살려주세요! 저희 엄마가 칼에 찔렸……."

하지만 그녀가 채 말을 끝내기도 전에 두 번째 비명이 들려왔다.

"아, 아아악!"

작은딸이었다. 큰딸은 눈동자를 돌려 동생의 몰골을 확인했다. 그녀의 등에 칼이 꽂혀 있고, 그 위에는 구세진이 있었다.

구세진은 작은딸 위에 올라타 팔을 위아래로 흔들며 칼을 몇 번 꽂았다 뺐다 했다. 작은딸은 첫 비명 이후 너무 심한 고통에 질려 버려 단말마조차 내지 못했다.

그렇게 왕복 운동이 약 다섯 번.

구세진이 칼을 멈췄다. 작은 딸도 움직임을 멈췄다.

"여보세요? 이봐요! 거기 어딥니까? 이봐요!"

전화기에서 사람 목소리가 들렸지만 큰딸은 아무런 대답
도 하지 못했다. 큰딸은 자기 동생이 살해당하는 장면을 보곤
정신이 나가 버렸다.

"제발 대답해 주세요! 거기가 어딥니까! 이봐요!"

119 직원이 계속해서 물었지만, 큰딸은 대답할 수 없었다.
대신,

"아, 아빠! 살려줘! 아빠! 아빠! 아빠! 제발… 말 잘 들을게!
꺄아아아아……!"

비명을 질렀다. 하지만 그 비명 역시 스피커에서 소리가 끊
기듯 뚝 끊어졌다. 그리고 육중한 고깃덩이가 쓰러지는 소리
가 났다.

구세진은 그렇게 큰딸을 쓰러뜨리곤 잠깐 멍하니 서 있는
듯하더니 급히 몸을 옮겼다. 그리곤 급히 약을 찾는 불치병
환자 마냥 펜과 종이를 꺼내 들어 뭔가를 휘적휘적 적기 시작
했다.

그렇게 시간이 10분 정도 지나자 밖에서 사이렌 소리가 들
리더니 금세 문밖에서 쾅쾅 하는 소리가 들렸다. 하지만 구세
진은 아무런 신경도 쓰지 않고 계속해서 손을 움직였다.

"문을 부숴… 버려!"

문에서 굉장한 소리가 나는 듯하더니 금세 문이 열렸다. 그
와 동시에 구세진도 자기가 쓰던 글을 마쳤다. 그리고 이 세

계의 소리가 아닌 듯한 소리가 잠깐 울림과 동시에,

"아……?"

주변을 둘러봤다.

제일 먼저 쪽지가 보였다. 그리고 쓰러져 있는 누군가가 보였다.

급히 고개를 돌렸다. 아는 얼굴이다.

"부인……?"

구세진의 눈동자가 터질 듯 부풀어 올랐다. 그는 급히 고개를 다시 옮겼다. 그러자 그다음엔 두 딸이 보였다.

"으어… 어?"

구세진은 온몸을 덜덜 떨었다.

그리곤 다시 자기가 앉아 있던 식탁으로 눈을 돌렸다. 그러자 그곳엔 처음 봤던 쪽지 및 필기구와 함께 피가 잔뜩 묻은 식칼이 보였다. 기묘한 기시감이 약 3초.

그 기시감이 끝나자 구세진은 엄청난 두통과 함께 방금 자기가 저지른 끔찍한 일을 모두 기억해 냈다.

"크아아아아!"

구세진이 비명을 질렀다. 그리고 쾅 소리와 함께 방 안으로 누군가가 우르르 몰려왔다.

"손 들어! 움직이면 쏜다!"

경찰이었다. 구세진은 그런 경찰을 허망한 눈초리로 쳐다봤다.

"아……"

구세진은 자기에게 총을 겨누고 있는 경찰을 허망하다는 눈초리로 쳐다봤다. 그의 눈에서 눈물이 흘러나왔다.

"히… 흐하하… 히히히히히… 힉……"

그리곤 앞에 있는 식칼, 가족을 몰살시킨 그 칼을 잡곤,

"그 칼 내려놔! 그렇지 않으면……!"

자기 목에 틀어박았다.

＊　　　＊　　　＊

구세진이 나간 지 얼마 후 김필창이 눈을 떴다.

머리가 아팠다.

'으……'

김필창은 문득 방금 꿨던 꿈을 생각했다.

B급 스너프 필름에서나 나올 법한 끔찍한 장면이 아주 생생했던 꿈.

'그만 생각하자. 어차피 꿈이잖아? 빨리 일어나서 구세진 이사님을 맞이하러 가야……'

필창은 그렇게 생각하며 머리를 쓰다듬었다. 그러자 웬 끈적끈적한 액체가 손에 잔뜩 묻었다.

"어?"

김필창이 눈을 떴지만 사방이 어두웠다. 어둠에 익숙해지길 약 10초.

김필창은 손을 쳐다봤다. 짙고 끈적끈적한 액체가 묻어 있었다. 그리고 무엇보다 생선 비린내 같은 냄새가……

"으아아아아아아!"

김필창은 비명을 지르며 룸살롱 밖으로 향했다.

*   *   *

얼마 후.

"으… 씨발!"

철주는 질척질척한 바닥을 걸으며 욕지거리를 내뱉었다.

방 전체가 피바다다. 바닥, 벽, 심지어 천장까지 피가 흥건했다.

'도대체 여기서 무슨 짓거리를 한 거야!'

철주는 옆에 있는 후배 형사에게 라이트를 빼앗아 이곳저곳을 훑어봤다.

"음?"

그러다 문득 뭔가 눌어붙은 조각을 발견하곤 조심스럽게 다가가 장갑 낀 손으로 그 조각을 들어봤다. 그러자 그 물건이 축 늘어졌다가 질척하게 떨어졌다.

"살점?"

그도 흉악한 범죄를 자주 봤기에 그 정도는 알 수 있었다. 이건 살점이었다.

하지만 그건 아무런 문제가 되질 않았다. 피가 흥건한 방에 살점 정도가 대수일까. 하지만 문제가 있었다.

'도대체 무슨 짓을 했길래 살점이 튀어?'

철주는 라이트를 천장으로 비췄다. 그러자 피가 흥건하게 튄 천장이 보였다.

끔찍하기보다 어이가 없었고, 궁금했다.

사람을 죽이는 방법에는 여러 가지가 있지만, 한국에서 일어나는 살인 방법은 거의 세 가지로 압축된다.

일단 제일 먼저 박살이 있다.

주먹이든 몽둥이든 상관없다. 둔기류에 맞아서 죽는 경우를 말한다.

그다음이 척살.

칼, 혹은 그에 준하는 예리한 도구에 의해 죽는 경우를 말한다.

마지막으로 교살.

목을 졸라 죽이는 경우를 말한다.

하지만 위의 셋 중 그 어떤 경우에도 저딴 식으로 피가 미

208

친 듯이 튀거나 살점이 잘려 나오진 않는다.

'미친…… . 전기톱으로 썰기라도 한 건가?'

비슷하지만 아니었다. 만약 전기톱으로 썰어버렸다면 피가 많이 튀는 건 가능하겠지만 살점까지 조각나진 않는다.

'어디서 봤는데…….'

철주가 기억을 더듬자 금세 떠올릴 수 있었다. 그는 이러한 경우를 한 번 봤다.

최근 외국인 불법 체류자가 공장 주인을 공업용 파쇄기에 밀어 넣은 사건이 한 번 있었다.

그때 꼭 이랬다. 피가 사방팔방으로 튀었고 살점 역시 똑같았다.

"이런, 씨발……."

철주는 너무나도 비슷한 상황에 욕지거리를 내뱉었다.

"이 형사님, 도대체 이건 어떤 경우죠?"

철주와 함께 있던 형사가 물었다.

"씨발. 나도 몰라."

"이 정도 혈액량이면… 꽤 많은 사람이 죽었다는 얘긴데… 시체가 하나도 보이질 않아요."

"나도 모른다고!"

철주가 버럭 소리를 지르자 후배 형사가 찔끔 고개를 숙였다.

철주는 머리가 아파오는 것을 느꼈다. 후배 형사의 말대로다.

방뿐만 아니라 복도도 똑같았다. 거긴 심지어 뇌수로 보이는 물건까지 흩뿌려져 있었다. 분명 거기서 한 명 이상이 죽었다는 얘기인데도 이 건물 어디에도 시체 쪼가리도 보이질 않았다. 귀신이 곡할 노릇이다.

철주는 얼굴을 찌푸렸다.

"과학수사대 불러. 우린 여기서 손 떼… 잠깐만."

"왜 그러십니까?"

"이 룸살롱… 조폭 거지?"

"예."

철주는 불안한 느낌을 받았다. 조폭이 운영하는 룸살롱. 시체 하나 없는 살인 사건.

'설마 이 미친 새끼가……!'

"정보 있냐?"

"청에 있습니다."

"아까 들었던 말, 안 들은 걸로 해. 이 사건, 우리가 더 잡고 있는다."

철주는 그렇게 말하곤 룸살롱 밖으로 향했다.

"이 형사님, 어디 가십니까?"

"청에. 그리고 너도 따라와. 그 정보라는 것 좀 보자."

철주는 밖으로 나가며 후배 형사에게 최대한 빨리 건물 룸살롱 CCTV 자료를 청으로 가져오라 명령하는 것도 잊지 않았다.

철주는 청에 돌아오자마자 후배 형사를 닦달해 룸살롱을 관리하는 조직에 관한 정보를 얻을 수 있었다.

조직 이름은 구룡파였고, 조직 보스는 언젠가 이름을 들어본 적 있는 녀석이다.

"구세진……?"

"네. 구룡파의 실질적인 보스입니다. 증거가 없어서 못 잡고 있는 중입니다."

"잠깐만. 이 새끼, A재단 이사 아냐?"

"맞습니다."

철주의 눈썹이 안으로 깊게 휘어졌다.

'이런 시발…….'

철주는 이 일을 은수가 벌였음을 확신했다.

'빌어먹을 새끼, 도대체 무슨 짓을 한 거냐.'

철주는 그렇게 생각하곤 이를 꾁 물었다.

'이번엔 꼭 잡아주마!'

그가 말없이 주먹을 부르르 떠는 것으로 분노를 표출하고 있을 때, 한 순경이 급히 달려와 철주에게 말했다.

"이 형사님! 룸살롱 내 CCTV 현황입니다!"

철주는 그 얘기를 듣자마자 순경에게 자료를 받아 CCTV를 재생할 수 있는 장소로 자리를 옮겼다.

철주는 그곳에서 한동안 CCTV를 계속 살펴봤다.

일단 처음으로 룸살롱에 들어간 건 구룡파 건달들이었다. 숫자는 약 열댓 명. 그다음 구세진과 모르는 사람 하나가 더 들어왔다. 그런 다음 은수와 지훈의 모습이 보였다.

철주는 은수가 나오자 얼굴을 찌푸렸다.

내심 알고는 있었지만 실제로 확인하자 충격이었다.

'저 20대 초중반밖에 안 된 놈이 열 몇 명이나 되는 조폭들을 이유도 모를 방법으로 갈아 죽였다.'

그럼에도 철주는 계속해서 CCTV를 재생했다.

은수는 건달의 안내를 따라 룸살롱 안으로 들어갔고, 그곳에서 구세진과 이름 모를 남자를 만나 얘기했다. 그렇게 대화 내용도 없이 움직임만 있길 몇 십 분.

갑자기 은수가 화난 듯 CCTV 쪽을 쳐다봤다.

"헉?"

화면 너머인데도 철주는 은수와 눈을 마주치자 숨을 들이켰다. 그리고 바로 그 순간,

화면이 검게 물들었다.

"뭐야!"

212

철주는 CCTV 화면을 확인했다.

'꺼진 건가?'

잠깐 리모컨을 만져 본 결과 CCTV 화면이 꺼진 게 아니었다. 단지 무슨 이유에서인지 CCTV 자료가 손상되어 있었다. 철주는 어떻게든 CCTV를 복원해 내려 애썼지만, 비기술자인 철주가 할 수 있는 건 아무것도 없었다.

"쌍!"

철주가 벽을 거세게 후려쳤다.

'빌어 처먹을! 이것만 있으면 당장 그 살인자 녀석을 잡아넣을 수 있거늘!'

안타까웠다. 도대체 어떤 방법을 썼는지 검은 패딩, 아니, 은수는 열댓 명이 넘는 사람을 없애고 시체 역시 유기해 버렸다.

'시체… 그래, 시체를 가지고 움직였다면 짐을 옮겼겠지. 그 정도 짐이라면 분명 차량을 이용했을 거다. 차량에 시체를 실은 장면이 거리 방범용 CCTV에 찍혔을지도 몰라.'

철주는 그 생각이 들자마자 당장 밖으로 나왔다.

Chapter 08

돈빌려
드립니다

철주는 원하는 자료를 얻어 다시 자리에 앉았다.

해당 과에서 짜증을 부리며 철주를 몰아세웠지만 철주가 어마어마한 기세로 소리를 지르자 찍소리 없이 자료를 내어 줬다.

'일단 재단용 차량을 타고 도착한 건가. 저 차량은 자세히 살펴봐야겠어.'

하지만 그렇다고 방심할 순 없었다. 금세 다른 차량을 준비했을지도 모르니까 말이다. 일단 철주는 해당 룸살롱 입구가 훤하게 찍힌 방범 CCTV 자료를 켰고, 은수가 들어간 시간부터 시작, 자세히 살펴보기 시작했다.

철주가 룸살롱을 살펴본 결과, 그곳에 입구는 단 하나밖에 없었다. 그렇다면 은수가 귀신이 아니라면 반드시 입구로 다시 되돌아 나왔다는 얘기가 된다.

철주는 은수가 나오는 시간을 맞춰 다른 길에 설치된 방범 CCTV를 살펴볼 예정이었다. 하지만 은수가 지나간 다음 제일 먼저 나온 사람은 구세진이었다. 그는 피투성이 차림으로 나와 터덜터덜 걸어 나갔다.

'이 새끼, 살아 있었나? 근데 도망가는 놈이 걸음걸이가 왜 저렇게 느리지?

철주는 이제 곧 은수가 따라 나와 구세진을 죽일 거라 생각하곤 기다렸다. 하지만 은수는 보이질 않고 웬 안경 쓴 중년 남자가 다리를 절며 룸살롱 밖으로 나갔다.

'슬슬 나와야 할 텐데……?

하지만 철주의 예상과는 달리 웬 여자가 룸살롱 안으로 들어갔다가 채 1분도 되질 않아 뛰어나왔다. 그런 다음 경찰들이 들이닥쳤고, 머지않아 철주의 모습도 보였다.

"어?"

철주는 깜짝 놀랐다. 단 한 순간도 놓치지 않고 입구를 쳐다봤거늘 은수는 나오지 않았다.

머리가 아팠다.

'혹시 다른 출구가 있었나?'

아니, 절대 그럴 리 없었다.

혹시 다른 출구가 있나 몇 번이나 확인한 철주다. 그렇다면 반드시 저 입구로 되돌아 나와야 함에도 은수의 모습은 코빼기도 보이지 않았다.

철주는 설마 하는 마음에 CCTV를 세 번, 네 번 돌려봤지만 역시 은수의 모습은 코빼기도 보이지 않았다.

그렇다고 해서 아직까지 룸 안에 있다는 얘기도 어불성설이다. 그렇다면 열한 명의 시체는 도대체 어디로 치웠단 말인가?

철주는 머리가 깨질 것만 같았다.

그런 철주가 머리가 펑 터져 버리기 직전, 룸살롱에 같이 있던 후배 형사가 철주에게 급히 다가와 말했다.

"이 형사님."

"나 바쁘다고 했잖아. 왜?"

"구세진을 발견했습니다."

철주는 방금 전까지 짜증내던 태도를 바꾸어 되물었다.

"구세진? 어디서?"

"…구세진의 자택입니다."

"당장 그놈 잡아와! 그 녀석 증언만 있으면 한 번에 끝난다!"

"저기… 근데……."

"왜?"

"죽었습니다."

"이런… 쌍!"

철주가 머리를 벅벅 긁곤 들고 있던 물건을 집어 던졌다.

"왜? 사인이 뭔데?"

"자살입니다."

"자살?"

철주가 어이없어서 되물었다.

"자기 가족을 모조리 칼로 찔러 죽인 뒤 경찰에게 잡히기 직전에 자살했습니다."

"하, 하하하!"

뜬금없는 것도 정도가 있다.

CCTV에서 몇 시간 전에 제 발로 지옥에서 살아 돌아온 녀석이 자기 집에서 가족을 살해한 뒤 자살했다.

상식적으로 이해가 되질 않았다.

방금 전까지 끔찍한 상황 한가운데에 놓여 있던 구세진. 그는 어떤 이유에서든 그 생지옥에서 살아나왔다. 그렇다면 누구든 도망가려 하겠지. 그리고 구세진도 그랬다.

아니, 그 모습으로 볼 때 도망갔다고 하기엔 무리가 있지만, 일단은 그 자리에서 벗어나 집으로 향했다.

그럼 거기서 공포에 떨며 무서워하든, 미쳐서 발광을 하든, 경찰에 신고를 하든 했어야 하는데…….

'도대체 왜 가족을 찔러 죽여?'

사람이 미치면 상식 밖의 일을 할 수도 있다. 하지만 그것 도 경우가 있지, 이렇게 밑도 끝도 없진 않다.

"그리고… 유서가 발견됐습니다."

"유서? 뭔데?"

철주가 묻자 후배 형사가 조심스럽게 핸드폰을 내밀었다.

핸드폰 액정에는 사진이 하나 띄워져 있었는데, 글씨가 빼 곡히 적혀 있는 A4 용지였다. 아무래도 범행 직후 쓰인 건지 군은 피가 군데군데 묻어 있었다.

철주는 사진을 확대해서 내용을 읽어보기 시작했다. 간혹 핏자국이 글자를 가릴 때도 있었지만, 유서를 읽는 데엔 무리 가 없었다.

그렇게 약 열 장 가량 되는 유서를 읽어보길 몇 분.

철주가 입을 열었다.

"이게… 유서라고?"

솔직한 감상이었다.

본디 유서라 함은 죽기 직전에 자기가 할 말을 글로 남겨놓 은 것을 뜻한다. 그러므로 개인적인 얘기나 죽기 전에 말하지 못할 비밀을 지극히 주관적인 입장에서 적어놓는 게 일반적이다.

하지만 구세진이 남긴 유서는 특이했다. 그 모습이 꼭,

"유서라기보단 범죄 기록이잖아?"

철주의 말 그대로였다.

구세진이 적은 유서에는 개인적인 이야기는 단 한 글자도 적혀 있지 않았다. 모두 자기가 저지른 끔찍한 범행과 기타 A재단 이사들이 행한 범죄들을 지극히 객관적으로 정리해 놓았다. 마치 기계 장치 매뉴얼처럼.

"구세진이 적은 거 확실해?"

자기 가족을 찔러 죽이고 적은 유서라고 보기엔 문제가 많았다.

철주는 머리가 지끈지끈 아파오는 것을 느꼈다. 모든 퍼즐 조각이 따로따로 논다. 꼭 누군가가 퍼즐 조각을 전부 제멋대로 바꿔놓은 것 같았다.

"확실하다고 합니다. 저도 어이가 없어서 물어봤는데… 처음 발견했을 때 이 펜을 들고 있었다고 하더군요. 유서에 묻은 피 검사랑 지문 검사 해달라고 할까요?"

"아냐. 됐어."

철주는 후배 형사의 물음에 부정하곤 그가 가지고 있는 사진 파일을 자신의 핸드폰으로 전송해 달라고 부탁했다.

"고맙다. 그리고 내가 좀 날카로운가 보다. 짜증내서 미안

했다. 가서 볼일 봐."

"아닙니다, 선배님. 요즘 계속 야근하시잖습니까. 그럴 수
도 있죠, 뭐."

철주는 자길 챙겨주는 후배에게 인사하곤 핸드폰으로 눈
을 옮겼다. 그리곤 다시 한 번 유서를 곱씹어 보며 생각에 잠
겼다.

그렇게 몇 십 분. 철주는 머리를 벅벅 긁곤 담배에 불을 붙
였다.

'범인은 생각해 볼 것도 없어. 그 새끼다. 근데 도대체 무
슨 짓거리를 한 거지?'

철주는 저번에 은수를 만났을 때 느꼈던 살기를 다시 한 번
곱씹어봤다. 단지 그뿐인데도 몸에 오한이 돋았다.

수없이 많은 강력 범죄자들을 처리해 본 베테랑 형사인 철
주가 살기에 질려 겁먹었다. 마치 사람이라기보다는 짐승 같
은 느낌이다. 사람 잡아먹는 짐승.

철주가 숨을 깊게 쉬자 담배가 빠른 속도로 타들어갔다.

철주가 비록 범인에게 심증을 가지고 있다 해도 지금 그가
할 수 있는 행동은 하나도 없었다.

검은 패딩, 아니, 은수는 증거를 남기지 않고 여러 사건을
친 녀석이다. 아마 공식적인 기록만 스물여덟 번이지 신고조
차 되지 않은 사건까지 포함한다면 아마 그 두 배 이상 사람

을 해하였으리라.

그런 녀석에게 확실한 증거 없이 영장을 발부하는 건 미친 짓이나 다름없다. 지금 녀석은 A재단의 실질적인 이사장이다.

비록 현재 A재단 내에선 그를 찍어내야 할 쓸모없는 뱀 대가리로 보고 있다 할지라도 간부는 간부다. 보나마나 재단에서 로펌을 고용할 게 분명하다. 잘못 들이댔다간 카운터펀치를 맞는다.

그렇기에 확실한 증거로 바로 결판을 내야 했다. 하지만 과연 저렇게 경험 많은 베테랑 살인마가 증거를 남겼을까?

대답은 아니다이다.

증거고 나발이고 일단 첫째, 범행 장소에 시체가 없다. 사람이 죽은 게 분명한데도 시체가 단 한 구도 없다. 이래서야 살인 사건 성립 자체가 어렵다.

그렇다고 해서 불가능한 것도 아니다. 만약 은수가 그 시간, 그 장소에 있었다는 것을 확인할 수만 있다면 어떻게든 가능하겠지만, 그 결정적인 증거를 담은 CCTV가 시간에 딱 맞춰 박살 났다.

CCTV뿐만이 아니다. 마치 EMP라도 맞은 듯 건물 안에 있는 모든 전자기기가 망가져 버렸다.

'너무 절묘해.'

철주는 은수의 범행을 다시 한 번 확신했지만 그게 다였다.

도대체 어떤 방식으로 구룡파 건달들을 처리했는지도 알 수 없었고, 그 많은 시체는 어디로 갔으며, 도대체 왜 구세진이 제 발로 걸어나와 미친 짓거리를 저질렀는지도 몰랐다. 그리고 그 무엇보다 유력한 범인인 은수와 그의 동행인이 어떻게 그 자리를 벗어났는지 역시 오리무중이다.

"하, 하하하!"

허탈했다.

'이 유서가 경찰 손에 들어가면 A재단 이사들이 전부 물갈이를 당한다. 그렇다면 가장 큰 이익이 되는 건 지금 자기 세력이 단 하나도 없는 이사장이겠지.'

그리고 절묘했다.

만약 철주가 은수의 정체를 몰랐다면 이 사건은 성립 요건의 부재로 인해 사건 자체가 성립되질 않은 채 묻혔을 것이다. 그리고 구세진의 유서는 경찰 측으로 넘어갔을 테고, 그 유서의 진실 여부가 어떻든 간에 A재단 관련 범죄를 담당했던 철주 역시 그 유서를 읽게 되리라.

만약 그렇게 된다면 철주의 성격상 그 유서 내용대로 수사를 진행했을 테고, 그로 인해 A재단에 또 한 번 어마어마한 폭풍이 불었으리라.

그럼 A재단 이사장은 자기를 적대하던 세력이 없어졌으니 절대 권력을 얻을 수 있을 테고, 그 이사 자리에 자기 측근들을 앉힐 게 분명했다.

"미친 새끼."

철주가 작게 중얼거리며 고개를 돌리자, 벌써부터 곤란해하는 동료 형사들이 보였다.

"이거… 증거가 하나도 없잖아. 살인 방법부터 규명이 안 되는데?"

"애초에 시체가 없는데 어떻게 살인 사건이야. 거기서 돼지가 죽었는지 닭이 죽었는지 어떻게 알아?"

아무래도 대한민국은 크고 경찰 숫자는 적으니 다들 힘든 사건은 빨리 빨리 넘겨 버리고 쉬운 사건들을 찾으려 한다.

'이 상황대로라면 머지않아 이 사건은 성립되지도 않은 채로 끝난다.'

이런 효과를 노렸는지 아닌지는 모르겠지만 지금으로선 상황이 모두 은수에게로 좋게 돌아가고 있었다.

철주의 눈이 다시 핸드폰으로 돌아가 유서를 훑어봤다.

마치 다 잡아달라는 듯 범행 내용이 아주 상세하게 적혀 있는 유서. 철주는 그 유서를 보곤 이를 꽉 깨물었다.

"이 빌어먹을 새끼! 날 뭐로 보는 거냐!"

*　　　*　　　*

"*Jkn silmad(마법 해제).*"

거리 속. 가로등불 빛 한 줄 들어오지 않는 건물과 건물 사이 공간에 잠깐 뭔가 번쩍하고 빛나더니 피투성이로 변한 은수와 지훈이 나타났다.

"흐아… 억……."

은수는 구토를 이겨내지 못하곤 입을 벌리고 꺽꺽거리더니 머지않아 음식물과 함께 피 한 바가지를 토해냈다.

은수는 한동안 토악질을 해대곤 소매로 입가를 훔쳤다. 몸 상태가 좋지 않았다. 은수는 고통에 겨워 치료 마법을 사용할까 했지만 이내 포기했다.

지금 은수가 겪고 있는 고통은 마법으로 인한 부작용이다. 그렇다면 억제력으로 인한 상처와 비슷해 치료 마법이 먹히지 않을 게 분명했다.

'그만두자.'

은수는 마법에 관한 생각을 그만두곤 자기 몸으로 시선을 옮겼다. 현장에서 도망치느라 바빠 여태 몸 상태가 어떤지도 모르고 있었다.

은수는 손 위에 아주 작은 반사성 물체를 소환해 입 안을 살피곤 얼굴을 찡그렸다. 상황이 생각보다 더 심각했다.

'참담하구나.'

이만 빠졌다고 생각한 입 안은 이빨만 빠진 게 아니라 아예 잇몸이 뭉그러져 있었고, 빠진 이빨 외에도 남은 이빨이 덜렁거리고 있었다. 은수는 반사적으로 손을 뻗어 이를 흔들어보려다 그만뒀다.

은수는 입안을 살피곤 다음으로 눈을 살폈다. 다행히 눈알에는 별 문제가 없어 보였지만, 눈두덩은 녹아내린 것처럼 흐물흐물해져 있었다.

다음으로 코를 살폈는데 코 안은 이미 피가 딱딱하게 굳어 아무것도 보이지 않았다.

마지막으로 귀를 살폈다.

'김필창에게 마법을 걸다가 왼쪽 귀에 억제력을 맞았지. 괜찮을까?'

귀에는 이상한 진물로 보이는 액체와 함께 피가 딱딱하게 굳어 있었다. 은수는 그것을 확인하자 불안한 마음이 들어 바닥에 있는 돌을 집어 가까운 실외기에 집어 던졌다.

터텅— 엉.

"어?"

은수가 고개를 갸웃거리곤 다시 한 번 돌을 집어 실외기에 집어 던졌다.

터텅— 엉.

분명 한쪽에는 텅! 하고 짧고 날카로운 소리가 들렸지만,

다른 한쪽엔 터~ 엉~ 하고 그 소리가 길게 늘어져 들렸다.

설마 하는 마음에 은수는 몇 번 더 반복하고 다른 소리도 내봤지만 결과는 똑같았다.

은수는 씁쓸한 표정으로 귀에 묻은 체액을 닦아내곤 손을 내려다봤다.

피투성인 게 어느 게 자기 피고 남의 피인지도 모르게 뒤섞여 있었다. 그렇게 멍하니 손만 10초 동안 바라보고 있다가 은수는 또 새로운 발견을 할 수 있었다.

손톱이 모조리 빠져 있었다.

"좆같네, 진짜."

은수는 한숨을 푹 내쉬곤 품에서 담배를 꺼내 피우려 했지만, 피를 잔뜩 뒤집어쓴 까닭에 담배도 젖어 있었다. 결국 그는 아무것도 하지 못하고 그 자리에 멍 하니 앉아만 있었다.

마나가 회복되길 기다려야 했다.

그는 그렇게 마나를 기다리며 방금 일어난 일들에 대해 생각하기 시작했다.

'지금쯤이면… 구세진과 김필창도 죽었겠지.'

한숨을 내뱉었다. 계획이 틀어져 버렸다. 원래 은수는 그 둘의 약점을 알아내 경찰에 넘길 생각이었다. 하지만 은수는 구세진이 승현 어머니에 대한 얘기를 꺼내자 머리가 하얘져 버렸고, 죽여 버렸다.

'될 수 있으면 사람은 죽이지 않으려고 했는데……'

이렇게 쉽게 사람을 죽일 수 있게 된 게 언제부터였을까?

처음 사람을 죽였을 때엔 죄책감에 시달렸지만, 지금은 아무런 감흥이 없었다. 그저 '아, 죽었구나' 할 뿐이다.

그렇게 생각하니 잠시 자기혐오가 일었다. 하지만 그것도 말 그대로 잠시, 이미 수없이 한 자기혐오도 이젠 익숙해져 버렸다.

'저런 녀석들 죽인 걸로 죄책감에 시달리는 것 따위 이제 질렸어. 어차피 구세진 같은 놈들은 죽어도 되는 새끼들이야.'

은수는 그런 생각을 하는 자기가 문득 정말로 짐승이 되어 버린 것 같았다. 아무렇지도 않게 사람을 도륙하는 짐승.

'근데 그래서 그게 뭐. 어차피 누군가는 해야 할 일이잖아? 난 단지 그걸 하는 것뿐이야.'

처음엔 사채업자였고, 그다음엔 조직 폭력배, 지금은 거대 재단의 인물들을 죽였다.

은수는 그들을 죽이며 몇 가지 느낀 게 있었는데, 그건 바로 높은 곳으로 가면 갈수록 더하다는 거였다.

직접적인 방법을 쓰지 않을 뿐, 하는 짓은 훨씬 악독하고 지독했다.

게다가 그 녀석들은 악행을 저지르고도 너무나도 쉽게 돈과 권위로 그 악행을 덮었다.

'일이 덮이고 잊히면 그 일이 없었던 일이 돼? 죄가 아니야? 웃기지 마. 절대로 그렇게 내버려 둘 수 없어. 악행을 저지른 인간은 어떤 식으로든 처벌을 받아야 해. 그게 바로 정의다. 이미 공권력은 저런 녀석들을 처벌하지 못하게 되어버렸을 정도로 썩었다. 그러니 이제 공권력 따윈 신경 쓰지 않아. 모조리 씹어 먹어 버릴 거다. 사적인 처벌이라고 욕해도 상관없어. 어차피 정의 실현이라는 목적은 같다. 단지 방법이 다를 뿐이야. 난… 내가 옳다고 생각하는 정의를 행할 거다.'

은수는 그렇게 생각하곤 몸을 일으켰다. 마음 같아선 이미 걸레조각이 되어버린 몸을 좀 더 쉬게 해주고 싶었지만 할 일이 남아 있었다.

첫째로 지훈의 기억에서 룸살롱에 관한 것을 통째로 뽑아내야 했고, 둘째로 지훈과 자신에게 묻은 피를 닦아내야 했다.

"*Selektiivne mälu kustutamine(선택적 기억 삭제)*."

은수는 회복된 마나를 쥐어 짜 마법을 시전했다. 쉬는 동안 충분할 정도로 회복이 된 건지 다행히 부작용이 생기거나 하진 않았다.

'빌어먹을. 이딴 마법, 다시는 쓰고 싶지 않았는데.'

분명 편리한 마법이긴 했지만 아무래도 좋지 않은 추억이
있었다.

은수는 조심스럽게 지훈의 머리 위에 손을 얹어 쓸모없는
내용들을 지워 버렸다.

"*Olema mitte õnnelikult korraldada(거슬리지 않게 정리돼
라).*"

영창이 끝나자 은수 손끝에 옅은 빛고리가 생기더니 은수
의 몸을 천천히 훑었다. 신기하게도 그 고리가 훑고 지나가자
모든 게 깔끔해졌다. 은수는 그 고리가 자기 몸을 모두 깨끗
하게 만들 때까지 기다렸다가 그 고리를 지훈에게로 옮겼다.

"집으로 갑시다, 비서님."

은수는 깨끗해진 지훈을 들쳐 업곤 느릿느릿 건물 사이를
빠져나가 지훈을 그의 집 안에 데려다 놓았다.

"이제 나만 집으로 가면 되겠다……"

마력 고갈에 체력도 극히 떨어진 상태로 은수는 집으로 향
했다. 택시를 잡아타려다가 현금이 없음을 알고 그냥 걸어가
려 했지만, 그것이 실수였다.

익숙한 거리에 들어서자 저 멀리 집이 보였다. 별일이 너무
많았던 오늘, 그는 집을 보자마자 안심해 버리고 말았다.

그 순간,

휘청!

잘 버티던 그의 두 다리가 옆으로 기울어졌다.

자신의 다리를 원망하며 그는 골목 어귀에서 그대로 쓰러져 정신을 잃었다.

*　　　*　　　*

다음날.

은수는 길게 늘어진 사이렌 소리와 함께 누군가가 힘껏 고함치는 소리에 잠에서 깼다.

"이은수! 널 살인 사건 용의자로 연행한다!"

몽롱한 정신 사이로 사이렌 소리가 고막을 찢어버릴 듯 계속 귀를 찔러댔다.

은수가 신음 소리를 내며 눈을 뜨자 눈앞이 잠깐 하얗게 일렁거리며 험악한 얼굴을 한 경찰이 보였다.

은수는 멍하니 이 상황을 깨닫기 위해 생각하고 있자니, 문득 엄청나게 증폭된 사이렌 소리가 왼쪽 귀에 틀어박혔다.

"넌 묵비권을 행사할 수 있으며, 변호사를 선임할 권리가 있고, 또한 불리한 진술을 거부할 권리가 있다!"

경찰은 미란다 3원칙을 설명했지만, 은수는 그 내용을 전혀 알아들을 수 없었다.

오른쪽 귀로는 그 얘기를 제대로 들을 수 있었지만, 왼쪽 귀로는 동굴 메아리마냥 들려서 식별하기가 어려웠다.

"억!"

은수는 귀를 틀어막았지만 사이렌 소리를 전부 차단할 수 없었다. 소리는 마치 은수의 뇌를 부숴 버리기라도 하려는 듯 계속해서 울려댔다.

경찰은 그렇게 고통스러워하는 은수를 일으켜 세운 뒤 강제로 그의 손을 내려 수갑을 채우려 했다.

"꺼져!"

은수는 자기 귀에서 손을 떼어내려는 경찰에게 거칠게 손을 휘둘렀다. 고통에 겨워 힘 조절을 하지 않은 까닭일까? 경찰은 차에 치이기라도 한 양 붕 떴다 바닥에 떨어져 신음 소리를 냈다.

그 순간 탕! 하고 총성이 하늘을 가로질렀다.

"으아아아아아악!"

"오 형사님!"

"시끄러워. 시말서 써도 내가 써! 너, 사건 현장 못 봤어? 저 새끼 정말 위험한 새끼라고!"

"하지만 아직 겨우 용의자……."

"닥쳐! 거기서 살아남은 새끼는 이 새끼하고 방금 잡아들인 새끼밖에 없어! 그럼 도대체 누가 용의잔데?"

은수는 다행히 총을 맞거나 하진 않았지만, 그에 준하는 고통에 부르르 떨었다. 왼쪽 귀에서 다시 진물이 흘러나왔다.

"그만… 제발 그만……."

"더 이상 저항하면 발포하겠다! 순순히 따라와!"

은수가 덫에 걸린 짐승마냥 총을 든 형사를 올려다보자, 그 사이 다른 경찰들이 달려들어 그의 손에 수갑을 채웠다.

은수는 경찰차 안에서 멍하니 창밖을 쳐다보며 생각을 정리했다.

아무래도 어제 길바닥에서 정신을 잃은 모양이다. 지훈을 집까지 들쳐 메고 가 집 안에 눕힌 것까진 정확하게 기억났다.

'그리고 나서 뭘 했지.'

계획대로라면 집에 가서 쉴 생각이었다. 하지만 아무래도 정신을 잃고 길바닥에서 쓰러진 것 같았다.

은수는 눈을 옮겨 옆에 나란히 달리는 경찰차를 살펴봤다. 안에는 지훈이 타고 있었다. 그는 어안이 벙벙한 표정이었다.

'빌어먹을. 분노에 휩쓸려서 너무 생각 없이 일을 쳤다.'

비록 룸살롱 안을 전부 정리해 놓았다곤 하지만 미흡한 부분이 한둘이 아니었다. 아마 그것들 중 하나를 경찰이 눈치챈 모양이다.

'어디까지 안 걸까.'

은수는 문득 불안해졌다. 만약 저들이 그 안에서 일어난 사실을 모두 알고 있다면?

기분 나쁜 불쾌감이 은수의 몸을 꿰뚫고 지나갔지만 애써 그 불쾌감을 부정했다.

'안심하자. 결정적인 증거는 모두 없앴어. 시체도 없고, CCTV도 무력화시켰다. 그 안에서 있었던 일을 아는 사람은 아무도 없다.'

은수가 문득 고개를 돌려 자기를 감시하는 경찰에게 눈을 돌렸다.

'겁먹을 것 없어. 이들은 날 어떻게 하지 못해. 이철주 때와 같을 것이다.'

은수가 빤히 경찰을 쳐다보자 경찰이 불안해하며 급히 입을 열었다.

"뭘 봐?"

"귀마개 있습니까?"

은수는 손톱이 빠져 흉측해진 집게손가락으로 자신의 왼쪽 귀를 가리켰다. 진물이 흘러나오고 있었다.

"귀가 아파요."

경찰은 잠깐 고민하는 눈치로 앞에 있는 형사를 살폈다.

"괜찮겠습니까?"

"줘."

형사는 그렇게 말하곤 자기 앞 주머니에서 휴지를 몇 장 꺼내 경찰에게 건네줬다. 그 순간, 절묘하게 형사의 핸드폰이 울렸다.

"여보세요?"

*   *   *

"용의자는?"

철주가 조심스럽게 묻자 전화 상대방은 지금 이송 중이라고 말했다.

"조심해서 데려와. 그 녀석, 위험한 녀석이다."

상대방은 철주의 걱정스런 말에 알겠다고 말하곤 전화를 끊었다.

철주는 초조했다.

'녀석이 오고 있다.'

사건이 발생한 지 약 열 시간. 철주는 단 한숨도 자지 못했다. 그렇기에 피곤할 법한데도 철주는 잠이 오지 않았다. 아니, 잠은커녕 긴장에 온몸의 털이 곤두서는 것 같았다.

철주는 은수가 구세진에게 도대체 무슨 짓을 했는지는 모르겠지만 은수가 세진을 저렇게 만들었다고 확신하고 있었다. 단지 그 확신을 뒷받침해 줄 증거가 부족할 뿐이었다.

'내 생각이 틀리지 않았어. 그 어떤 방법을 썼든 이건 그 녀석이 한 짓이야.'

한편으론 무서웠다.

혼자서 열댓 명이나 되는 건달을 처리한 은수다.

단순히 처리하기만 했는가?

그들은 마치 파쇄기에 갈린 것처럼 피와 살을 흩뿌리곤 형체도 없이 사라져 버렸다. 그것도 단 두 시간 만에.

'그때와 비슷해.'

그때도 그랬다. 겨우 11분 만에 현장 정리가 완료됐고, 나익환의 시체가 사라졌다. 애초에 발견되지도 않았으니 실종으로 처리됐지만, 철주는 그가 죽었다고 확신했다. 거기다 유일한 생존자는 마치 뭔가에 홀리기라도 한 듯 진술을 피하거나 헛소리를 지껄였다.

기이한 처리 방법, 빠른 현장 정리, 사건 장소에 있었던 사람들의 이해하지 못할 행동, 모두 일치했다.

'이건 녀석이 벌인 일이 분명하다.'

하지만 역시 문제는 증거가 부족하다는 것.

은수 입장에선 급작스러워서 정리를 못한 수준이었지만, 철주의 입장에선 아주 난해한 퍼즐같이 느껴졌다.

지금 철주가 가지고 있는 조각은 거의 없었지만, 그럼에도 철주는 포기하지 않았다.

'녀석을 반드시 붙잡아 넣겠다!'

*   *   *

은수가 다음으로 도착한 곳은 취조실이었다.

흔히 영화에서 나오는 어둑어둑한 방에 백열전구 하나 박혀 있는 감옥 독방 같은 취조실이 아닌, 현대식으로 심플하게 꾸며진 좁은 방이었다. 하지만 경찰서에 딸려 있다는 이유 하나만으로 이 취조실은 갇혀 있는 사람에게 심한 압박감을 주기에 충분했다.

은수를 끌고 온 형사는 저항없이 얌전해진 은수를 취조 책상에 붙여놓곤 멀리 떨어져서 그를 감시했다.

"취조 안 하세요?"

그가 은수를 조용히 지켜보고만 있자, 그의 후배로 보이는 형사가 작은 목소리로 물었다.

보통 사람이었다면 못 들었을 아주 작은 소리였지만 은수는 그 소리를 들을 수 있었다. 몸이 재정비되며 청력까지 좋아진 까닭이다.

비록 왼쪽 귀 부상 때문에 웅웅거리는 노이즈가 섞이긴 했지만 그래도 들을 만했다.

"이철주 형사님이 취조하실 거야."

"이 형사님이 왜요?"

"그래, 너 저 새끼 누군지 알아?"

"누구길래 그래요?"

"A재단 명예 부이사장. 실질적인 이사장이다."

선배 형사가 은수에게 눈을 떼지 않은 채 소곤거리자 후배 형사가 흥미로운 표정을 지었다.

"저렇게 어린놈이요?"

"나도 나이가 어리다고 듣긴 했지만 실제로 보니 애송이가 따로 없네."

"그래서 이철주 형사님이 오시는 거군요."

"그래."

은수는 그 얘기를 조용히 듣고 있다가 철주라는 이름에 얼굴을 찌푸렸다.

'빌어먹을.'

곤란했다.

저번에 검은 패딩이란 단어를 쓴 것으로 보아 철주는 은수의 정체를 짐작하고 있다. 만약 철주가 자신을 취조한다면 그는 백발백중 좋지 않은 쪽으로 몰아붙일 것이다.

'걱정하지 말자. 어차피 중요한 증거는 모조리 없앴어. 절대 네 생각대로 되진 않을 거다, 이철주.'

시간이 좀 흐르자 취조실에 노크 소리가 들리더니 이철주가 들어왔다.

"오셨습니까."

"어, 그래. 수고했어. 그리고 네 사건인데 양보해 줘서 고맙다, 승철아."

승철이라 불린 선배 형사는 별것 아니라는 듯 말했다.

"어차피 사건 인물이 전부 A재단 인물이잖습니까. 당연한 건데요, 뭐."

그는 그렇게 말하곤 취조실 문을 열고 나갔고, 후배 형사는 취조실 문을 지키고 섰다.

"아, 성현아. 지킬 필요 없을 것 같으니까 나가봐라."

성현이라 불린 후배 형사는 철주의 말에 곤란한 표정을 지었다.

"괜찮겠습니까?"

"상태를 봐봐. 아무것도 못할 거다."

철주는 은수의 상태를 살펴봤다. 왼쪽 귀에는 진물을 막기 위해 휴지를 꽂았고, 양 눈두덩은 파였으며, 양손 손톱이 모두 빠졌고, 이 빠진 볼은 부풀어 올랐다.

'자세히 살펴보니 상태가 생각보다 꽤 심각한데? 병원으로 옮겨야 하는 거 아닌가? 에라, 모르겠다. 잘 되겠지.'

저 정도 부상이라면 누가 봐도 크게 날뛰진 않을 것 같았기에 성현은 조심스럽게 취조실 문을 열고 나갔다.

"예. 그럼 가보겠습니다."

"그래, 가봐라."

사실 부상은 그저 성현과 승철을 물리기 위한 명분거리였다.

철주는 이제부터 은수와 자기만 아는 얘기를 꺼낼 예정이었기에 다른 제삼자의 존재가 거슬렸다.

철주는 은수와 단둘만 남자 바싹 긴장했다.

앞에 있는 은수는 별다른 장비 없이 열댓 명이나 되는 건달을 끔찍하게 없애 버린 장본인이다. 저 정도 부상을 입었다고 해도 철주 따윈 아무렇지도 않게 죽일 수 있겠지.

하지만 증거를 남기지 않는 은수의 특성상 적진 한가운데서 살인을 하진 않을 거라고 확신했기에 저번처럼 공포에 질리진 않았다.

"그간 잘 지내셨습니까?"

은수는 철주의 말에 잠깐 침묵했다가 입을 열었다.

"예, 덕분에요."

"벌써 네 번이나 마주치는군요."

네 번이란 말에 은수가 입을 다물었다. 아마 철주 나름대로의 압박 방식이겠지. 형식상 A재단 이사장 대리인 은수와 형사 이철주는 이번이 두 번째 만남이다. 하지만 철주는 일부러 네 번이라 강조했다.

"나익환 사건 때 한 번, 저번에 한 번, 이번에 한 번, 그리고… 저번에 병원 앞에서 한 번."

은수는 그저 입을 꾹 다물었다.

"그때는 검은 패딩이 참 잘 어울리셨습니다."

"무슨 말씀을 하시는지 모르겠군요."

은수가 시치미를 떼자 이번엔 철주 쪽에서 입을 다물었다. 그의 표정이 일그러졌다.

"그래, 어차피 네가 협조적으로 나올 거라곤 생각 안 했어. 근데… 어차피 둘 다 알 거 다 알지 않나? 편하게 가자고. 이 방 안엔 우리 둘밖에 없어."

갑자기 돌변한 태도에 은수가 얼굴을 구겼다.

"답답하게 돌려 말하지 말고 바로 묻겠다. 구세진 일행과 김필창, 네가 죽였냐?"

날카로운 직구. 그에 은수는 아무렇지도 않은 표정으로 대답했다.

"그들이 죽었나? 몰랐는데 알려줘서 고마워. 빈자리를 채울 사람이 필요하겠네."

은수의 오리발에 철주가 화기 나 버럭 고함을 질렀다.

"닥쳐! 그 장소에서 살아 나온 건 너와 네 비서새끼밖에 없다!"

윙 하는 울림이 은수의 왼쪽 귀를 강타했다. 은수가 고통에 표정을 구겼다.

"조용히 말해. 귀 아파."

"뭐? 조용히? 이 상황에서 그런 말이 나와?"

철주는 조용히 하란 은수에게 도리어 큰 소리를 냈다.

"조용히 해. 세 번 말하진 않아."

단지 한마디 했을 뿐인데 철주는 온몸이 난도질당하는 것 같은 착각을 느꼈다. 하지만 철주는 그에 굴하지 않았다. 어차피 은수는 지금 우리에 갇힌 호랑이다.

'진정해라. 겁먹을 필요 없다.'

은수가 만약 철주를 죽인다면 은수도 죽거나 혹은 그에 상응하는 대가를 치르게 된다. 지금 이 상황은 서로가 목에 칼을 겨누고 있는 중이다. 그러니 둘 중 누구도 섣불리 움직이지 않았다.

'저 녀석은 멍청이가 아니다. 그러니까 절대로 나를 해하지 않아.'

하지만 그렇다고 해서 상처 입어 날카로워진 맹수를 자극하고 싶진 않았다. 저건 어디까지나 객관적인 정리일 뿐이다. 그저 확률이 낮을 뿐 그 이상도 그 이하도 아니란 얘기.

철주는 아무리 배당이 높다 한들 자기 목숨으로 노름질해 보고 싶진 않았기에 한발 물러나 목소리를 낮췄다.

"다시 묻겠다. 네가 죽였냐?"

"몰라."

"개소리 지껄이지 마라."

철주가 으르렁거렸다.

"나한테 무슨 말을 듣고 싶은 거지?"

"진실. 그 이상도 그 이하도 아니다."

철주의 말을 들은 은수가 갑자기 낮게 웃음을 터뜨렸다.

"뭐? 진실? 크, 히히힉, 끅끅. 재밌어."

철주는 한동안 침묵하며 그런 은수를 쳐다봤다.

"네 녀석은 이게 우스운 모양이지? 구세진의 가족을 포함해 20명도 넘는 사람이 죽었다."

은수는 철주의 말에 대답하지 않은 채 뭐라 작게 중얼거리며 손을 꼼지락거렸다. 그러길 약 3초.

순간 취조실 전등이 깜빡거렸고, 그다음엔 기분 나쁜 불쾌함이 잠깐 철주를 스쳐 지나갔다.

'뭐지?'

철주는 순간 뭔가 이상한 느낌이 들었으나 채 그 생각을 하기도 전에 은수가 입을 열었다.

"맞아. 다 죽었지. 그래서 그게 뭐? 그 새끼들, 어차피 다 나쁜 새끼들이었잖아? 죽어도 될 정도로 나쁜 새끼들."

철주가 눈을 찌푸렸다.

"그래, 분명 그들 중 대부분은 나쁜 녀석이었다. 하지만 구세진의 가족은? 그들은 무슨 죄가 있지?"

"그래, 네 말이 맞아. 그들은 죄가 없지. 그저 불운하게도 구세진의 가족이 되어버린 게 그들의 죄라면 죄랄까? 난 구세진에게 그가 내 소중한 사람이 겪은 고통을 그대로 느끼길 바랐거든. 그래서 그렇게 했어. 내가 틀렸네. 정정할게. 대부분이 다 죽어도 될 정도로 나쁜 새끼들."

철주의 흐릿하기만 했던 심증을 확신으로 바꿨다.

'역시 이 녀석이 그랬어.'

그와 동시에 철주의 눈에 복잡한 감정이 스쳐 지나갔다.

"하, 설마 했는데… 그럼 그 가족들도 네가 죽인 거냐?"

"내가 직접 죽인 건 아니지만 따지자면 그렇게 되겠네."

철주가 얼굴을 찌푸렸다.

"그리고 그들이 죽은 이유는 단지 구세진의 가족이었기 때문이고?"

"그래."

"미친 새끼."

철주는 진심을 담아 은수를 노려봤다.

"네가 죄라고 말했지? 그럼 내가 이야기 하나 해줄게. 어떤 한 여자가 있었어. 고아 출신이지만 꿈과 희망을 갖고 열심히 살았지. 그리고 어떤 한 남자와 결혼했어. 그리고 아이도 낳았지. 근데 불행은 언제나 가장 행복할 때 찾아온다고 했던

가? 남편이 죽었어. 퍽치기를 당한 건데⋯ 운이 좋지 않았나
봐. 그렇게 돈을 벌어오던 남편이 죽었으니 결국 그녀는 가족
을 부양하기 위해 열심히 일을 해야 했지."

은수의 눈이 슬픔으로 물들었다.

"그녀는 아침 일찍 나가 밤이 돼서야 돌아왔어. 일하는 시
간이 너무 길어서 아이한테 신경을 조금 못 쓴 까닭일까? 아
이가 병에 들었어. 죽을병이었지. 아이를 잘 키우기 위해 열
심히 일한 건데⋯ 그 대가가 병으로 돌아왔어. 참으로 웃기지
않아? 그녀는 절망했지만 두 손 꼭 모아 기도했어. 제발 아이
만은 살려달라고. 자기 데려가도 좋으니까 아이만은 살려달
라고. 그런 그녀의 설움을 신께서 들어주신 걸까? 어느 날 갑
자기 아이가 씻은 듯이 나았어. 그녀는 엄청나게 기뻐했지."

눈에 가득 찼던 슬픔이 점점 사그라지더니 분노가 나타났
다.

"근데 갑자기 어떤 개 같은 의사새끼⋯ 구호준이 끼어들었
어. 그 녀석은 그 아이가 하루아침에 다 나은 것을 보고 눈이
휘둥그레졌지. 그래서 그 아이가 나은 원인을 찾고자 실험을
시작했어. 아주 끔찍한 임상실험."

그에 대해선 철주 역시 알고 있는 사실이다. 살아 있는 아
이에게 병원균을 주입하고, 섞이면 안 되는 약물을 마구잡이
로 주사했다. 그리고 그 결과 아이가 죽었다.

"그럼 내가 되묻지. 죽은 아이와 평생 상처를 안고 살아가게 된 그녀는 무슨 죄를 지었지? 도대체 어떤 죄를 지었길래 그런 끔찍한 일을 당한거지?"

은수가 이를 꽉 깨물었다. 그런 그의 눈에서 붉은 안광이 쉴 새 없이 흘러나왔다.

"죄? 그딴 허울뿐인 소린 집어치워! 난 그저 그대로 돌려줬을 뿐이다! 구세진의 혈족인 구호준이 내 소중한 사람을 죽였고, 그 사건을 구호진이 힘을 써서 막았으며, 구세진 본인이 압력을 넣어 내 소중한 사람의 가족을 해하려 했다. 아들 시체를 옆에 둔 채 슬픔으로 다 죽어가던 사람을!"

은수가 부르짖었다.

"그게 사람 새끼가 할 짓이냐? 말해봐! 그녀는 도대체 무슨 죄를 지었지? 사람을 죽였어? 범죄를 덮으려 했어? 아니야. 그저 피해자일 뿐이었어. 단지 그뿐인데 그들은 그녀를 죽이려 했다. 그래서 내가 그대로 돌려줬다. 구호준은 내 소중한 사람이 죽은 그대로 폐를 망가뜨려 서서히 죽게 내버려 뒀고, 구호진은 널 이용해 감옥에 처넣었지. 그리고 구세진에겐 가족이 없어진 고통을 뼈저리게 느낄 수 있게 해줬다!"

은수의 고함과 함께 잘 벼려진 살기가 방 안에 날카롭게 꽂혔다. 그저 고함 한번 지른 것뿐인데 철주는 마치 자기 목에 칼이라도 드리운 것 같은 두려움을 느꼈다.

"그래서 다짐했다. 이제 그런 씨발 새끼들은 내가 전부 다 죽여 버리겠다고! 다 죽이고 또 죽여서… 다시는 그녀 같은 피해자가 나오지 않게 할 거라고 말이야! 넌 이런 생각을 단 한 번도 한 적 없어? 네가 형사니까 제일 잘 알 거다! 그녀석들은 그런 추악한 짓을 해놓고도 아무런 처벌을 받지 않아!"

은수의 말처럼 철주도 한때 그런 생각을 했었다.

정의를 행하기 위해 형사가 된 것인데, 항상 소위 높으신 분들은 악행을 저지르고도 아무런 처벌을 받지 않는 일이 허다했다.

"이미 법과 공권력은 녀석들의 자본과 권력에 눈이 멀어 공정한 심판을 하지 못하게 되어버렸어. 난 단지 그걸 대신하는 것뿐이다!"

철주는 은수가 내뿜는 살기에 압도되어 당장에라도 비명을 지를 것 같았지만 애써 정신을 꽉 붙잡고 말했다.

"그래서 죽였냐?"

은수는 철주의 말에 광기 어린 웃음을 흘리며 답했다.

"크히히히! 크하하! 궁금하냐? 말해주마! 그래, 내가 죽였다. 내가 전부 죽였어! 그 말이 그렇게 듣고 싶었냐? 그래, 마음껏 들어라! 나익환, 곽수, 유령, 견소, 성환, 학소, 호준, 세진! 모두 다 내가 죽였다. 이제 시원하냐, 이철주? 하지만 알아둬. 이게 끝이 아니다. 난 저런 개새끼들을 모조리 죽여 버릴 거다. 이 세상에 그런 새끼들이 단 하나도 남지 않을 때까지 멈추지 않을 거야!"

Chapter 09

돈빌려
드립니다

은수가 울부짖는 맹수처럼 소릴 질렀다. 철주는 마치 눈앞
에서 사자가 울부짖는 것같이 느꼈다.

무서웠다.

몸이 오들오들 떨렸다.

무슨 말이라도 하면 당장에라도 은수가 자신을 찢어발길
것만 같았다. 만약 그렇게 되면 자기도 룸살롱 흔적처럼 끔찍
하게 변해 버리겠지.

철주는 잠시 눈을 감고 숨을 골랐다.

'진정해라, 이철주. 여기는 경찰서다. 저 녀석이 여기서 날

죽인다면 저 녀석도 죽는다. 애초에 녀석이 무적이었다면 증거를 지우고 다니는 번거로운 일 따위, 하지도 않았을 게 분명해. 이성적으로 생각해라. 살 수 있다. 아무런 일도 일어나지 않아.'

철주가 조심스럽게 눈만 굴려 은수의 손을 쳐다봤다. 그의 양손은 수갑에 의해 봉쇄되어 있다.

그 순간 수갑 쇠사슬이 마치 종잇장처럼 찌그러지며 부서졌다.

철주가 깜짝 놀라 몸을 뒤로 쑥 뺐다. 그러자 잠깐 눈앞이 일렁거리는가 싶더니 다시 시야가 돌아왔다. 철주는 재빨리 은수의 양손을 확인했다.

다행히도 그의 양손엔 아직 수갑이 채워져 있었다.

'뭐, 뭐야!'

너무 겁에 질린 까닭에 헛것을 본 것이다.

철주는 이마를 쓸어 땀을 닦아냈다. 분명 취조실 온도는 적당한데도 철주의 몸은 전부 식은땀으로 젖어 있었다.

은수는 여전히 눈에 붉은 안광을 흘리며 살기를 뿌려대고 있었다. 철주는 방금 본 환상처럼 은수가 금방 자리를 박차고 일어나 자기를 해할 것 같았지만 애써 용기를 내 말했다.

"그래서 넌 네가 옳다고 생각하냐?"

"그래. 악행을 저지른 인간은 어떤 식으로든 처벌을 받아야 해. 사적인 처벌이라도 상관없어! 그게 바로 올바른 길이고 정의다!"

사실 철주도 한때 분노에 사로잡혀 저런 생각을 한 적이 있었다.

법으로 심판할 수 없다면 차라리 다른 누군가가 죽여줬으면 하는 생각.

"정의라고? 헛소리하지 마! 그 어떤 명문을 붙인다 해도 너 역시 네가 응징하고자 하는 사람들과 같은 살인자일 뿐이다!"

살인자라는 말에 은수가 광기 어린 웃음을 터뜨렸다.

"크하하! 그래, 내가 사람을 죽였으니 난 살인자가 맞다. 그래서 무슨 말을 하고 싶은 거지? 잘 생각해서 말해라. 잘못하면 그게 네 마지막 말이 될 테니까."

은수가 웃음을 뚝 그치고 말하자, 온 방 안에 흩어져 있던 살기가 순식간에 철주에게 집중됐다. 철주는 무거운 짐에 짓눌리기라도 한 것 같은 착각이 들었다.

'짓눌리면 안 돼. 겁먹지 마라. 저 녀석은 이성적이다. 바보가 아니야.'

철주가 입술을 꽉 깨물었다. 너무 세게 문 까닭일까. 이가 입술을 파고들어 피가 입안으로 고여 들어왔다. 비릿한 혈향이 입안 가득 퍼지자 철주는 겁먹어서 놓아버릴 것 같은 정신을 붙잡을 수 있었다.

"나라고 한때 그런 생각을 안 할 줄 알아? 난 하루에 수십 번도 더 범죄자 새끼 머리를 총으로 날려 버리고 싶은 충동을 느낀다. 이번에 불법체류 외국인 노동자가 한국인 여대생을 강간, 살해한 사건이 있었지. 이후 그 녀석이 어떻게 됐는지 알아? 좆같은 인권단체다 뭐다 와서 단체로 항의하고 지랄해서 결국 가벼운 형 받더군. 씨발, 우리나라가 강간의 왕국이야? 그래, 나도 그런 새끼들은 당장에라도 찾아서 죽여 버리고 싶다."

우리는 TV를 볼 때 간혹 범죄자 인권을 부르짖은 인권단체를 볼 수 있다.

술을 먹어 이성이 없었으니 형을 줄이고 단지 외국인 노동자라는 이유로 형을 줄이라고 주장하는 인권단체들.

범죄자의 인권은 있고 강간당한 뒤 억울하게 살해당한 사람의 인권은 없는 걸까?

"나뿐만이 아니라 수없이 많은 사람들이 그렇게 생각할 거다. 그런 새끼들은 죽어도 된다고! 하지만 말이다, 그렇다고 해서 실제로 행동하는 사람은 없어. 왜 그런지 알아? 능력이 없어서? 인권 존나 높은 범죄자 나리 죽였다고 살인죄 처벌받을까 봐? 물론 그런 이유도 있겠지만 가장 큰 이유는 바로 무엇이 옳은지 정확하게 모르기 때문이다! 넌 뭐가 옳은지 그렇게 잘 아나? 말해봐라. 정의가 뭐냐?"

은수는 철주가 자기 의견에 동의하는 듯싶어 잠시 미소를 지었지만, 마지막 말에 다시 얼굴을 굳혔다.

"지금 나랑 말장난을 하자는 거냐?"

"나도 네 말에는 동의한다. 공권력은 이미 썩고 또 썩어서 처벌 받아야 할 범죄자들까지 여과하고 있다. 하지만 그렇다고 해서 네가 마음대로 그 범죄자들을 모조리 죽인다는 게 합리화되진 않아!"

철주의 말에 은수가 폭소했다. 귀가 아파서 큰 소리를 안 내려고 노력하던 은수였지만, 그런 고통 따윈 아무렇지도 않게 생갈될 정도로 우스웠다.

"크하하하! 그런 생각을 가지고 있는 네가 만든 결과가 겨우 이거냐? 이철주, 잘 생각해 봐라. 내가 너에게 범죄 정보를 주기 전까지 네 모습이 어땠지? 매일 사고나 치고 다녀서 여기저기서 무시당하고 천대 받았지. 그런데도 네가 옳았다고?"

"마음껏 비웃어도 좋다. 나도 인정한다. 네가 도와주기 전까지 난 사고나 치고 다니는 사고뭉치였어. 하지만 그렇다고 해서 바보는 아니다. 법이 제 역할을 못하니까 네가 스스로 판단해서 범죄자들을 없애겠다고? 웃기지 마! 우리는 사회의 구성원으로서 함께 살고 있으며, 그 구성원 중 누구도 다른 사람을 사적으로 처벌할 권리 따윈 없다! 법이 망가졌으면 법을 일으켜 세워야 해!"

"그래서, 네게 그 법을 다시 원상태로 돌려놓을 힘이 있나 보지, 이철주? 도덕책 읽는 소리 따위 집어치워! 그건 불가능해!"

"가능하다! 단지 오랜 시간과 많은 노력이 필요할 뿐이야!"

"항상 다들 그러지. 오랜 시간과 많은 노력이면 뭐든 변한다고. 근데 언제 제대로 한 번이라도 변해본 적 있어? 매일 뉴스랑 신문에서 쇄신이다, 변혁이다 지랄들 하는데 정작 제대로 바뀐 적은 한 번도 없어! 시간이 지나면 된다고? 그럼 그사이에 고통 받는 사람들은 어쩔 건데? 너희 같은 새끼들이 어물쩍거리는 동안 하루에도 수십 명씩 죽어나가. 사적인 처벌이라도 상관없어. 죄를 지은 사람은 벌을 받아야 해. 그게 바로 정의다."

철주가 입을 열었다.

"정의라고? 아니. 그건 정의가 아냐. 네가 말하는 정의는 단지 명분일 뿐이다. 네가 마음에 들지 않는 사람을 죽일 때 필요한 명분."

은수가 웃었다.

"좋아, 너는 나를 잡아서 법의 심판대에 올리겠다는 얘기로군. 재미있어. 그럼 묻지. 만약 내가 없었으면 A재단의 수 없이 많은 비리와 부패를 잡아낼 수 있었을까?"

철주의 입이 덜컥 막혔다.

은수의 말이 사실이었다. 비록 경찰 측에서 떨어진 위신을 위해 A재단을 집중 공격한 것이 없잖아 있긴 하지만, 만약 은수가 내부 고발을 하지 않았더라면 시작조차 되질 않았으리라.

"무슨 말을 하고 싶은 거냐?"

"내가 죽인 사람들은 모조리 범죄자다. 그것도 아주 질이 나쁜 특급 범죄자! 네 녀석도 강력계 형사였으니 잘 알겠지. 최근 들어 서울 내 조직 폭력배 숫자는 물론 그들이 저지르는 범죄율 또한 급격히 줄었다. 그뿐인 줄 알아? 그들이 운영하는 온갖 불법 업체들이 모조리 무너졌다. 특히 사채업은 그 싹조차 남지 않았지."

은수의 눈이 반짝거렸다.

"그게 모두 누구 덕이라고 생각하지? 자, 그럼 이제 A재단으로 넘어가 볼까? 얼마 전 A재단 비리 뉴스가 터진 후, 덩치 좀 있는 기업들은 전부 초비상 사태다. 너도 나도 회계 장부 정리하고, 내부 비리에 관해 엄청 민감해졌지."

은수의 말이 맞았다. 이번 A재단이 여론을 타 뼈와 살이 분리될 기세로 털려대니 다른 기업들 또한 겁먹어 몸을 움츠렸다. 반작용이었다.

"하지만 이건 겨우 시작일 뿐이야. 내가 모조리 잡아먹을 거다. 이번에 구세진을 잡아 죽이며 느꼈다. 조폭들은 그저 돈 있는 놈들 더러운 짓 대신 해주는 피라미에 불과했어. 이제부턴 머리를 자를 거다. 그렇게 자르고 자르고 또 잘라내다 보면… 언젠간 깨끗해질 테지."

은수가 숨을 몰아쉬고 난 뒤 다시 말을 이었다.

"너도 직접 봤으니 알겠지. 난 내 힘으로 이 세상을 바꿨다. 반면 너는 그 잘난 법 들이대며 그 무엇을 바꿨지? 말해봐라, 이철주."

은수가 끅끅대며 웃자 철주는 이를 꽉 깨물었다.

"네가 이 세상을 바꿨다고? 웃기지 마. 그저 넌 힘으로 그들을 짓눌러 놨을 뿐이다."

"이철주, 너랑은 말이 통하지 않아. 그럼 넌 네 마음대로 해라. 나도 내가 옳다고 생각하는 정의를 행하겠다."

철주는 은수의 비아냥거림에 눈살을 찌푸렸다. 그리고 그가 입을 열려는 순간, 취조실 문이 거세게 열리며 지훈과 함께 깐깐해 보이는 중년 남성이 들어왔다.

철주는 취조실에 다른 사람이 들어오자 밖에서 지키고 있던 후배 형사에게 소리를 질렀지만, 후배 형사 둘도 어쩔 수 없다는 표정만 지었다.

깐깐해 보이는 중년 남성은 자기를 A재단 변호사라고 소개

260

하곤 철주에게 뭐라고 쏘아붙였다. 그러자 철주가 인상을 쓰며 변호사에게 반박했다.

"지금 당신은 용의자의 인권을 짓밟고 있습니다! 지금 용의자는 심각한 부상을 입은 상태이기에 당장 병원으로 호송되어야 합니다!"

"용의자? 웃기지 마! 이 녀석이 범인이다!"

변호사가 어이가 없다는 표정을 지었다.

"증거 있습니까? 당신은 지금 용의자에게 증거도 없이 누명을 씌우고 있습니다. 이는 법적으로 제재 받을 수 있다는 사실을 잘 아실 텐데요?"

"증거? 증거 있지. 이걸 봐라!"

철주가 자기 재킷 안주머니에서 녹음기로 보이는 작은 기계를 꺼냈다.

'저 괴물 녀석을 여기서 내보내면 안 돼. 여기서 모든 걸 끝내야 한다.'

"여기에 이 녀석과 내가 나눈 대화를 모두 녹음해 놓았다!"

지훈과 변호사의 표정이 굳었다. 만약 저 녹음기에 은수가 자기에게 불리한 얘기를 꺼낸 것이 녹음되어 있다면 빼도 박도 못하는 증거가 된다.

철주는 모든 게 끝났다는 표정으로 녹음기 버튼을 눌렀다.

"나익환 사건 때 한 번… 검은 패딩이 참 잘 어울리… 무슨 말씀을… 가식 따윈 집어 던지자고. 어차피 이 방 안엔 우리 둘밖에 없으니까. …행과 김필창, 네가 죽였… 빈자리를 채울 사람이 필요… 닥쳐! 그 장소에서 살아 나온 건 너……."

철주는 녹음기를 빠르게 돌려 중요한 대화 부분으로 옮겼다. 지지직거리는 소음이 심하긴 했지만, 대화 내용을 듣는 데엔 문제가 없었다. 철주는 중요한 부분이 다가오자 빨리 감는 것을 멈추고 재생 버튼을 눌렀다.

"다시 묻겠다. 네가 죽였냐?"
"몰라."
"개소리 지껄이지 마라."
"나한테 무슨 말을 듣고 싶은 거지?"
"진실. 그 이상 그 이하도 아니다."
"뭐? 진실? 크, 히히힉… 끅끅… 재밌어."
"네 녀석은 이게 우스운 모양이지?"

철주가 쉼 호흡을 했다. 이제 몇 초만 지나면 은수가 자기 범행을 인정한 말을 한다.
'이제 모두 끝났다.'

철주는 조심스럽게 재킷 안주머니로 손을 옮겼다. 그곳엔 방아쇠만 당기면 격발되게끔 해놓은 총이 들어 있었다. 이러면 안 됐지만 혹시 모를 사태를 대비해 놓은 것이다.

'네 녀석의 맘을 이해 못하는 것은 아니지만 넌 틀렸다. 옳지 않아.'

철주는 문득 은수를 바라보고 있다가 기묘한 느낌을 받았다.

은수는 웃고 있었다.

'뭐지? 왜 웃는 거냐?'

이 중요한 상황에 웃음이라니, 철주는 이해가 되지 않았다.

은수가 조용히 손을 들어 자기 귀를 틀어막았다.

그리고 그 순간,

키이이이이이이이이잉!

녹음기에서 엄청난 소음이 뿜어져 나오다 뚝 끊겼다.

"크아아악!"

취조실 안에 있던 사람들이 모두 귀를 틀어막고 소리를 질렀다.

"이런 빌어먹을! 지금 뭐하자는 겁니까, 형사님!"

변호사가 철주를 향해 소릴 질렀지만, 철주는 그 소리를 전혀 들을 수 없었다. 철주의 정신은 온통 녹음기를 향해 있었다.

"아, 아니, 이게 왜……?"

철주는 녹음기 재생 버튼을 꾹꾹 눌러봤지만, 다시 처음부터 재생될 뿐 그 뒤의 내용은 단 하나도 녹음되어 있지 않았다.

'설마……?'

철주는 취조 도중 형광등이 깜빡거렸던 그 순간을 떠올렸다.

"으아아아! 빌어먹을!"

철주가 들고 있던 녹음기를 벽에다 집어 던졌다.

녹음기는 묵직한 소리를 내며 산산조각 났다.

'내가 어리석었다! 전자기기도 무력화시킬 수 있는 녀석이었는데! 어째서 확인을 하지 않은 거지!'

철주가 분노를 쏟아내며 씩씩거렸다.

"괴물 새끼! 내가 널 언젠가는 잡아주겠다! 언젠가는!"

그에 비해 은수는 아무렇지도 않은 듯 미소를 지으며 답했다.

"할 수 있다면 형사님 좋아하는 법대로 잡아넣어 보시죠."

이후 변호사는 철주에게 뭐라 뭐라 위협적인 말을 내뱉었고, 철주는 그에 이를 벅벅 갈았다.

264

법과 질서의 테두리에 묶인 철주 입장에선 외통수였다. 그는 어쩔 수 없이 은수를 밖으로 보낼 수밖에 없었다.

'다 잡았는데……!'

은수는 지훈을 데리고 밖으로 향했다.

가는 도중 지훈이 은수의 몸 상태를 보고 깜짝 놀라 물었다. 아무래도 기억이 잘린 까닭에 아무것도 기억하지 못하는 듯했다.

"이사장님! 어, 어떻게 되신 겁니까? 고문이라도 당하신 겁니까?"

지훈은 당장이라도 경찰에게 으르렁거릴 기세로 물었다.

"아뇨. 그런 것 아닙니다. 일단 병원부터 가죠. 몸이 좋지 않아요."

"알겠습니다!"

은수는 그렇게 지훈과 함께 유유히 경찰서 밖으로 향했다. 철주는 그런 은수를 보며 이를 꽉 깨물었다.

*　　　*　　　*

경찰서 밖.

은수는 경찰 때문에 긴장하고 있던 때엔 몰랐지만, 긴장이 풀리자 온몸을 가누지 못할 정도로 엄청난 피로가 몰려왔다.

265

"괜찮으십니까?"

은수가 휘청거리자 지훈이 부축하며 걱정스러운 듯 말했다. 은수는 그런 지훈에게 손을 들어 괜찮다는 표시를 했지만, 지훈은 전혀 괜찮지 않아 보인다는 표정을 지었다.

마치 온 세상이 뒤틀리는 것만 같은 착각이 들었다. 그뿐만이 아니었다. 참을 수 없는 구토감이 느껴졌다.

"우, 우억!"

은수가 바닥에 토악질을 해댔다. 지훈은 그런 은수를 부축해 가까운 벤치에 앉혔다.

"이사장님, 도대체 무슨 일이 있었던 겁니까?"

지훈은 아무것도 이해할 수 없었다.

그가 기억하기에 어제 은수는 낙후 지구에 잠깐 들렀다가 바로……

거기까지 생각이 닿자 지훈은 문득 짧고 날카로운 두통을 느꼈다. 마치 누군가가 바늘로 뇌를 찌르는 것 같았다.

"아무 일도… 없었어요. 근데 왜 그래요? 어디 아파요?"

"억! 으, 아무것도 아닙니다, 이사장님. 당장 차를 가져오겠습니다. 조금만 기다려 주십시오."

지훈은 말을 끊고 바로 차가 있는 곳으로 달려갔다. 은수는 그런 지훈을 쳐다봤다.

'부작용이 아직도 끝나지 않은 건가.'

은수는 조심스럽게 혀로 떨어져 나갔던 송곳니를 훑었다. 없었다. 이후 은수가 반사적으로 다른 이들을 쓸자,

"껵!"

쓸린 이들이 마치 태풍 맞은 나무처럼 너무나도 손쉽게 뽑혀 버렸다.

은수가 입을 벌리자 피와 함께 앞니 두 개가 툭 떨어져 굴러갔다.

그뿐만이 아니다. 은수는 자신의 신음이 메아리마냥 울려 누군가 송곳으로 귀를 꿰뚫어 뇌를 헤집는 것 같은 큰 고통을 느꼈다.

은수는 바닥만 바라보고 있자니 이번엔 위장까지 토해 버릴 것 같아 고개를 돌렸다. 그리고 뜻밖의 인물을 발견했다.

'저 녀석이 왜 여기에⋯⋯?'

*   *   *

경찰서 안 취조실.

철주는 화를 삭이기 위해 숨을 고르고 있었다.

'안 돼. 여기서 그 녀석을 놓쳐선 절대 안 된다! 더 이상 사람이 희생되게 내버려 둘 순 없어!'

다짐이 서자 행동은 빨랐다. 철주는 당장 일어서 취조실 밖

으로 향했다.

"이봐요! 지금 내 말 듣고 있는 겁니까?"

"씨발! 좀 나중에 얘기합시다!"

"지금 당신이 한 말은 나중에 불이익이 될……."

변호사는 밖으로 나가는 철주에게 얘기했지만, 철주는 그런 변호사를 무시해 버렸다.

'반드시 그 녀석을 여기다 붙잡아놔야 한다!'

달렸다. 은수의 몸 상태로 보건대 멀리 가지 못했을 게 분명했다.

'붙잡아놓기만 하면 어떻게든 사건을 해명할 수 있어!'

긴 계단을 뛰어서 순식간에 내려간 뒤 전력 질주해 경찰서 밖으로 나갔다.

철주는 은수를 찾기 위해 주변을 두리번거렸다. 은수는 경찰서 밖 벤치에 앉아 있었는데 뭔가를 멍하니 쳐다보고 있었다.

'뭐지?'

철주의 머리가 은수의 눈을 따라 돌아갔다. 그리곤 피투성이의 안경 쓴 중년 남자를 발견했다.

'사건 피해자인가? 도와주고 싶지만 지금은 저 괴물 녀석을 잡는 게 먼저다.'

그렇게 생각하고 은수에게 달려갈려는 찰나, 철주의 머리

끝에서 뭔가 반짝였다.

　'김… 필창?'

　철주가 다시 피투성이의 안경 낀 중년 남성을 쳐다봤다. 비록 피를 잔뜩 뒤집어썼지만 충분히 알 수 있었다.

　그는 김필창이었다.

＊　　　＊　　　＊

　사건 당일, 은수는 김필창에게 무의식 제어 마법을 통해 방송국으로 향해 그가 아는 비리를 모두 밝히게끔 만들었다.

　아니, 만들려 했다.

　Teadvuseta kontrol……

　당시 은수가 완성됐는지 정확하게 확인하지 않았던 그 마법은 실패했었다. 그리고 그 억제력으로 인해 왼쪽 고막을 잃었다.

　사실 은수도 어렴풋이 알고 있었지만, 억제력에 대한 막연한 두려움이 그를 가로막았다.

　이미 그땐 탈출하기 위해 마법을 몇 번이나 더 써야 했던 상황. 결국 은수는 마법을 한 번 더 쓰는 것을 포기했고, 그

269

결과는 김필창의 생환으로 돌아왔다.

"으으으!"

김필창은 마치 미친 사람처럼 경찰서로 향해 빠르게 걸었다.

그는 그날 룸살롱에서 깨어난 뒤 겁에 질려 사람이 아무도 없는 야산에 들어가 공포에 질린 채 하룻밤을 새웠다. 그리고 다음날 해가 뜨자마자 그는 서울 지방경찰청으로 향했다.

가장 가까운 경찰서로 갈 법도 했지만, 이미 김필창의 머릿속엔 그날 은수가 벌인 끔찍한 행각이 채 잊히지 않은 상태였다.

사람이 적은 작은 경찰서로 갔다간 당장에라도 은수가 찾아와 모두 피떡으로 만들어 버릴 것만 같았다.

그렇게 정신이 나간 채 허겁지겁 이동한 지 얼마 후, 김필창은 서울 지방경찰청에 도착할 수 있었다.

그 순간, 운명의 장난일까? 그때 은수는 경찰서에서 나와 벤치에 앉아 있었고, 철주는 은수를 더 붙잡아놓기 위해 경찰서 밖으로 나왔다.

그리고 그 둘은 동시에 김필창을 발견했다.

*   *   *

은수는 김필창을 보고 생각했다.

'죽여야 해! 저 녀석은 그날 일어난 일을 모조리 알고 있다!'

철주는 김필창을 보고 생각했다.

'살려야 해! 저 사람만이 그날 일어난 일을 모든 일을 알고 있다!'

은수는 가시거리 내에 목격자가 있는지 살폈다. 그리고 철주를 발견했다.

그는 뛰고 있었다.

"김필창 씨!"

은수는 그런 철주를 보자마자 자리에서 일어나 달렸다.

"끄아아악!"

다리가 끊어질 것 같았다. 한 발 한 발 내디딜 때마다 어마어마하게 큰 가시가 다리를 뚫고 들어오는 것 같았다. 그럼에도 은수는 발걸음을 멈추지 않았다.

은수에게 있어 김필창은 유일하게 자신의 정체를 알고 있는 증인이었고,

철주에게 있어 김필창은 유일하게 은수의 정체를 알려줄 수 있는 증인이었다.

둘 다 김필창을 포기할 수 없었다.

전력 질주하는 두 그림자. 속도는 비슷했지만 안타깝게도

거리가 은수 쪽이 좀 더 가까웠다.

"으어어어! 아아아악! 사, 살려줘!"

김필창은 마치 악마라도 본 양 얼굴을 양팔로 감쌌다. 그런 김필창 위로 마치 짐승이 희생양을 습격하듯 은수가 들이닥쳤다.

철주의 얼굴에 절망의 그림자가 드리워졌다.

은수의 얼굴엔 기쁨의 환희가 드리워졌다.

"일어나!"

은수가 쓰러진 김필창을 억지로 일으켜 세웠다.

"꼼짝 마! 움직이면 쏜다!"

그러자 철주는 주머니 안에서 총을 꺼내 은수에게 겨눴다.

은수는 총구를 보고 얼어붙었다. 비록 그가 총기에 대한 방어책을 세워놓았다곤 하지만, 지금 이 상태에서 성공할 수 있을지 그 여부는 몰랐다.

은수는 김필창을 방패 삼아 그의 뒤로 몸을 숨겼다.

"왜? 쏘려고? 그게 네가 선택한 방법이냐?"

"네가… 그 사람을 해하려 한다면 난 아무런 망설임 없이 널 쏘겠다."

"아까 전에 당신이 말하지 않았어? 사적인 처벌은 옳지 않다고 말이야. 모순이라고 생각하지 않아? 지금 당신이 하고 있는 게 사적인 처벌이잖아?"

김필창은 은수의 말에 대답하지 않고 외쳤다.

"당장 김필창을 놔줘!"

은수는 철주의 말에 씩 웃곤 김필창의 팔을 세게 움켜쥐었다. 그러자 기괴한 소리가 나며 김필창의 손목이 푹 파여 들어갔다.

김필창이 비명을 질렀다. 은수는 그 비명을 배경음 삼아 말했다.

"싫다면?"

그렇게 말하는 은수의 눈에 붉은 안광이 일렁거렸고, 그의 눈에선 피눈물이 흘러내렸다.

'김필창… 넌 죽어야 해. 네가 알고 있는 사실을 철주에게 말하면 모든 게 끝난다. 난 아직 도와야 할 사람이 많아. 여기서 멈출 수는 없다.'

"불응한다면 널 사살하겠다, 이은수!"

철주가 하늘을 향해 실탄을 발포했다.

탕!

날카로운 소리가 울려 퍼지자 경찰서 안이 소란스러워졌다.

'시간을 끌어야 해. 그러면 도와줄 사람이 올 거다.'

"농담하는 것 같아?"

철주가 은수를 향해 총을 겨눴다. 총구에서 연기가 피어올

273

랐다.

'빌어먹을!'

은수는 그 총을 보자 두려움이 솟아났다.

'저 새끼는 내가 김필창을 죽이면 분명 발포할 거야. 그렇다고 해서 김필창을 넘겨도 죽는 건 매한가지.'

은수는 지금 상태에서 과부화가 덜 걸리는 마법들을 생각했다.

'돌 피부나 나무껍질?'

불가능하다. 저 정도 저급 마법으론 총알을 방어하지 못한다.

'정체 장막?'

안 된다. 이건 그저 탄속을 조금 늦출 뿐 아무런 도움이 되지 못한다.

'염동력?'

예전에 염동력으로 탄 궤도를 바꿔 빗나가게 한 적은 있지만, 지금 몸 상태로 그걸 다시 해낼 자신이 없었다.

'차라리… 먼저 철주를 죽일까?'

그거라면 가능성이 있겠지만 도박성이 너무 짙었다. 은수는 이미 철주 앞에서 마법을 한 번 부렸다. 철주가 바보가 아닌 이상에야 은수가 수인을 그리는 순간 발포할 가능성이 컸다.

은수가 한숨을 내뱉었다.

"김필창을 놔줘! 마지막 경고다!"

'이 녀석을 놔줘봐야 어차피 난 죽는다. 그렇다면… 김필창을 죽이고… 녀석의 시체를 방패 삼아 여기서 나가겠다.'

은수는 자조 섞인 웃음을 흘렸다.

"마지막 경고? 웃기지 마! 김필창은 못 넘겨! *Blooding's spiral puuri(블러딩의 나선 송곳)*."

은수가 주문을 내뱉자, 은수의 손에 붉은색 드릴이 생성됐다.

은수는 그 송곳을 김필창의 목을 향해 들이밀었다.

"빌어먹을!"

철주는 그 모습을 보곤 방아쇠를 당겼다.

마치 1초가 길게 늘어지는 듯한 착각.

순간이 영원을 향해 달리고, 시간이 멈춘 것 같은 기시감이 느껴졌다.

회색빛 침묵, 그리고 그 침묵이 끝날 때쯤,

탕!!

피가 튀었다.

누군가가 비명을 질렀다.

은수가 쓰러졌다.

철주가 달렸다.

*   *   *

은수는 꿈을 꿨다.

그 누구든 지금 자신이 겪고 있는 일들이 꿈이라는 것을 깨닫는 것은 굉장히 힘든 일이겠지만 은수는 그럴 수 있었다.

"후……."

은수는 한숨을 내뱉곤 주변을 둘러봤다.

끝없이 펼쳐진 새하얀 대지. 땅도 하늘도 그 무엇도 없었다. 단지 새하얀 공간만 가득했다. 저러한 비현실적인 공간 덕에 본능적으로 지금 자신이 겪고 있는 일이 꿈이라는 것을 깨달았던 것이다.

"두 번쨘가?"

은수는 픽 웃곤 익숙한 존재를 더듬어 찾기 시작했고, 머지 않아 그 대상을 찾을 수 있었다.

그녀는 새하얀 공간 한가운데서 서글픈 미소를 짓고 있었다.

은수는 그 여자를 보고 그리움이 가득한 미소를 지었다.

"글쎄다. 난 태어나서 어머니 얼굴 한번 못 봤으니 내 어머

276

니는 아닐 테고… 그렇다고 내가 여자친구가 있었던 적도 없으니 내 여자친구도 아닐 테지. 그렇다면… 반갑다. 오래간만이네."

은수가 반가움을 표시했지만, 그녀는 무시하고 자기 할 말을 했다.

"병신 새끼, 몰골이 말이 아니네. 괜찮냐?"

첫마디부터 폭언이다. 꼬집고 비꼬는 것 같은 말투. 은수는 상대가 자신이 생각하고 있는 사람이 맞는다고 확신했다.

"보다시피 전혀 안 괜찮아."

은수는 그렇게 말하며 어깨를 들썩이려 했지만 왠지 그럴 수 없었다. 아니, 그럴 몸 자체가 느껴지지 않는다는 게 옳았다.

"그래 보이네."

"엄청 아프더라."

"어휴, 이 머저리 같은 놈아, 그러니까 내 말 좀 잘 새겨들으라고. 이래서야 일부러 처음에 호되게 억제력에 밀어 넣은 이유가 없어지잖아."

"역시, 그거 일부러 그런 거였지?"

"그래, 멍청아."

"개새끼. 난 그때 죽을 뻔했다."

"그때 죽었으면 내 제자가 될 자격이 없는 거였지, 뭐."

"푸하하하! 너답다."

여자, 아니, 라피스는 고개를 절레절레 내젓고는 한숨을 내뱉었다.

"라피스, 나 죽은 거야?"

은수가 조심스럽게 물었다.

여자는 잠깐 입을 다물었다 말했다.

"글쎄… 네 꼬라지를 보니 죽은 것 같기도 하네."

은수는 라피스의 말을 듣자 풀이 죽었다.

"그렇구나. 그럼 너도 죽은 거니?"

은수가 묻자 라피스는 그저 어색하게 웃었다.

"글쎄. 설명하자면 아주 길게 네 몸에 남은 잔류 마나와, 그에 대한 영혼 감응 이론에 대해서 말을 해줄 순 있지만… 너 듣지도 않잖아? 그리고 솔직히 나도 잘은 모르겠어."

"그렇구나."

한동안 둘 사이에 침묵이 감돌았다.

"그래서 마법을 얻어 다시 산 삶은 즐거웠냐?"

은수는 그간 자기가 겪었던 일들을 회상했다.

꿈이라곤 단 한 줄기도 보이지 않았던 생활. 빚에 쫓기고 곽수에게 쫓겼다. 그렇게 끔찍한 생활이 계속되자 결국 이겨내지 못하고 자살을 택했다.

그 극단적인 선택의 끝에서 라피스를 만나 이계의 힘을 얻었고, 나익환 일행에게 피의 복수를 했다. 이후부턴 계속해서 은수 주변에 피 냄새가 없는 날이 없었다.

죽이고, 죽이고, 죽이고, 죽이고, 또 죽였다.

비록 누군가를 돕기도 했지만, 그 도움은 언제나 살인의 결과, 혹은 또 다른 살인의 원인이 되었다.

'그러고 보면… 쉴 새 없이 누군가를 죽이기만 했다.'

마지막까지 누군가를 죽이려 하지 않았던가?

하지만 그렇다고 해서 후회만 가득하진 않았다.

한필을 다시 만났고, 동일은 다시 일어나게 됐고, 준영이란 새로운 사람을 알게 됐고, 소현과 주하 자매를 지옥 끝에서 구했고, 그 외 여러 사람에게 희망을 안겨줬다.

"글쎄, 즐겁기도 했고 후회스럽기도 했어."

"그랬구나."

라피스는 은수의 씁쓸한 미소를 보곤 슬픈 표정을 지었다.

"어때, 네가 만든 결과에 만족해?"

은수는 라피스의 물음에 고개를 푹 숙였다.

"아직 할 일이 많이 남았는데… 아쉬워."

"이은수, 만약에, 아주 만약에라도 너에게 다시 한 번 기회가 주어진다면 어떻게 할 거야?"

은수는 라피스의 물음에 어차피 일어나지 않을 일이라며 픽 웃었다. 그런 은수의 모습에 라피스가 다시 한 번 끈질기

게 묻자 은수가 결국 입을 열었다.

"어렵네. 사람을 도와주려고 한 것뿐인데… 언제부터 일이 이렇게 된 걸까. 글쎄… 잘 모르겠다."

은수는 그렇게 말하곤 허무하게 웃었다.

"그냥 바람일 뿐이잖아? 어차피 이뤄지지 않아. 이런 씁쓸한 건 왜 물어본 거야?"

은수의 물음에 라피스는 어깨를 으쓱였다.

"그냥."

"하긴, 내가 너 같은 괴짜 천재를 어떻게 이해하겠냐."

"그렇게 말해주면 고맙지."

은수가 허무하게 웃고 있자니 문득 졸음이 몰려왔다.

"라피스, 나 갑자기 졸려."

"아무래도 시간이 다 된 것 같아."

"시간이라니?"

물음에 라피스는 아무런 대답도 하지 않았지만 은수는 답을 알 수 있었다.

"그렇구나. 아, 이거 못 참을 정도로 졸리네. 난 한숨 자야겠어, 라피스. 먼저 잔다? 잘 자. 안녕."

은수의 말이 떨렸다. 라피스는 그런 은수를 애처롭게 쳐다봤다. 그녀의 눈가에 눈물이 한 방울 맺혀 있었다.

"그래, 안녕."

2012년 모월 모일.

 형사 이철주는 A재단 이사 김필창을 살해하려는 A재단 명예 부이사장 이은수에게 총을 발포했고, A재단 명예 부이사장 이은수는 병원으로 이송했으나 머지않아 사망했다.

Chapter 10

돈빌려
드립니다

"아버지가 친딸과 부인을 살해한 뒤 자살한 사건이 일어나 경찰이 수사 중입니다."

9시 뉴스 앵커가 담담한 목소리로 말했다. 그 뒤로 기자의 목소리가 따라붙었다.

"오늘 오후 11시 50분쯤, 서울 강남구에 있는 아파트에서 끔찍한 사건이 벌어졌습니다. A재단 이사였던 구 모 씨가 자기 가족을 칼로 살해한 뒤 자신도 그 칼로 자살했습니다."

화면은 강남 유명 아파트 단지를 비췄다. 집값을 우려한 까닭인지 모자이크 처리가 되어 있었다.

화면은 아파트 단지를 지나 사건 현장으로 보이는 노란 테이프 덕지덕지 붙은 방을 잠깐 스치듯 비췄다.

"경찰은 구 모 씨가 저지른 비리가 적혀 있는 유서를 발견, 최근 A재단의 비리가 밝혀짐에 따른 죄책감에 의한 자살이라고 결론지었습니다. 경찰이 밝히길 유서에는 구세진 본인을 포함, A재단 이사들이 저지른 비리들과 함께 그 외 숨겨져 있던 A재단의 비리가 적혀 있었습니다."

화면이 다시 돌았다. 이번엔 기자의 얼굴이 나왔다.

"이번 사건으로 인해 근래에 조용해졌던 A재단의 문제가 다시 수면 위로 떠올라 파문이 일고 있습니다. 이상 KBC 박대기 기자였습니다."

다시 스튜디오로 화면이 돌아갔다.

"다음 뉴스입니다. 강남 고급 룸살롱에서 끔찍한 살인 사건이 일어나 파문이 일고 있습니다."

*   *   *

살인범을 잡기 위한 발포. 과잉 진압 논란.

2012년 모월 모일 10:39

Tag:경찰, 총기, 과잉 진압.

(서울=로그뉴스) 김미전 기자. 최근 …일 한 형사가 인질범을 제압하기 위해 총기를 발포한 사건이 일어나 과잉 진압이 아니냐는 논란이 일고 있다. 이러한 논란에 따라 경찰은 총기 사용에 대한 매뉴얼을 재고하겠다고 밝혔다.

하지만 근래에 연쇄 살인 사건, 룸살롱 엽기 살인 사건 등을 미루어봤을 때, 총기 사용 규제 완화가 이루어지지 않을까 하는 의견이 많다.

[속보] 병원비 돌려받는 갈린 100세 의료 실비보험 가입 폭주!

연예인 K 양, 스캔들 알고 보니 파파라치!

여자가 원하는 남성 조건 1순위?

관련 기사.

A재단 비리 또 터지나?

A재단 이사 구세진 일가족 살해 후 자살.

강남 엽기 살인 사건, 범인은 A재단 명예 부이사장으로 밝혀져……

*   *   *

3)다시금 밝혀지는 A재단의 비리?

남강북일보 2012년 4월 9일(음력 3월 19일) 월요일.

전 A재단 이사 故 구세진 유서 'A재단에는 지금 밝혀진 것 외
에도 수없이 많은 비리가 있다'.

최근 불법 임상실험으로 한참 시끄러웠던 A재단 문제가 이번
전 A재단 이사 故 구세진의 유서가 밝혀짐에·따라 다시 구설수에
올랐다.

충격적이게도 유서 내에는 여래까지 밝혀진 비리 외에도 많은
비리가 있다고 적혀 있었고, 그 외 자기가 한 일을 포함, A재단
이사들이 행한 비리가 모두 적혀 있었다.

경찰은 이에 대해 강력한 대처를 할 계획이라 발표했다.

오늘의 인물. A재단을 잡은 경찰 이철주.

최근 벌어진 엽기 룸살롱 살인 사건의 법인은 A재단 명예 부이

사장 이은수를 잡은 경찰 이철주. 그는 근래에 A재단 문제가 다
시 거론되기 시작하면서……

*　　　*　　　*

글쓴이:김귀지
조회수:43
글 작성 시간:2012년 4월 27일
제목:야, A재단 요즘 존나 살벌하다

얘기 들음? 거기 이사장인가 뭔가 하는 새끼가 연쇄 살인마였
대.
와, 존나 쩌네. 씨발, 뭐 뉴스만 들면 다 A재단 얘기다 싶었어.
만날 사람 뒤지고 비리도 개 쩔드만……
섬뜩하다. ㅋㅋㅋㅋ.

전체 댓글 수… ─욕설이나 비방 댓글은 누군가에게 큰 상처로 남을 수
있습니다.
ㅇ:아, ㅅㅂ, 나 내일 A재단 대학 병원에 입원해야 되는데 존나
무섭다.
찰론소119:1님, 병원 어디로 감?

289

ㅇ:나 대전에 있는 병원.

찰론소119:개안습 마꼐 병원 들어가네. ㅋㅋㅋㅋㅋㅋㅋ.

발정다이오드:A재단 대전 병원이면 저번에 맹장 환자랑 포경 수술 환자랑 바뀌어 들어가서 둘 다 디진 데 아님?

찰론소119:1 정답. ㅋㅋㅋㅋㅋㅋㅋ. ㅇ 너 이제 불법 임상실험 당함. 축하.

ㅇ:1 뭐래, 병신 새끼가.

알카도:근데 또 존나 흥미롭지 않냐? 난 뉴스 볼 때마다 오늘 은 또 누가 뒤졌나 복권 까는 느낌.

포커페이스:1 싸이코 새끼. ㅋㅋㅋㅋㅋㅋㅋㅋㅋㅋ.

지존트페:To 포커페이스—근데 그게 또 사실 아니냐? 솔직히 재밌잖아. 한 재단 내에서 벌써 죽은 인간이 열 명이 넘음. 이거 역사서에 나오는 거 아님?

에레노:근데 왜 A재단 안 망함? 양파도 아니고 까면 깔수록 계속 나오는데 안 망하는 게 신기.

모래반지빵야빵야:글쎄다. ㅋㅋㅋ. 재단 이사장이 검사한테 떡 이라도 줬나 보지. ㅋㅋㅋ.

골두니:1 너 그거 모름? 이번 경찰청장 A재단 감싸주려다가 Po사ㅋ퇴ㅋWer 함. 뭐 김필창인가 뭔가 하는 이사 친척이라던 데? ㅋㅋㅋㅋ.

모래반지빵야빵야:레알? 트루 쩌네. 문화 컬처다.

내가제일잘나가:To 에레노—병신아, A재단이 가진 대학이랑 병원이 몇 갠데. A재단 망하면 그 사람들 다 폭삭 주저앉음. 존나 뭣도 모르는 새끼가 까부네.

에레노:1 근데 왜 육질? 존나 열폭 쩌네. 니 애매비가 A재단 다님?

쟈르반 死세:야, 근데 또 존나 신기한 게, 어떻게 존나 살인마 새끼가 거기까지 올라갔을까?

……

　　　　*　　　　*　　　　*

영안실. 병원 직원으로 보이는 남자 둘은 은수의 시체를 내려다보곤 얼굴을 찌푸렸다.

"엄청나구먼. 도대체 뭔 짓을 하다 죽었기에 이 꼴이야."

"모르나 봐? 이 녀석, A재단 그 녀석이야."

먼저 입을 열었던 남자는 A재단이라는 말에 눈이 휘둥그레졌다.

"정말?"

"그래."

"그나저나 생긴 대로 산다더니만… 정말 살인마처럼 생겨먹었네."

그도 그럴 법한 게, 지금 은수의 눈가와 귓가엔 피가 잔뜩 말라붙어 있었고, 이는 다 빠져 있었으며, 배에는 총알을 빼낸 자국이 있었다. 덤으로 손톱이란 손톱은 다 빠져 있었다.

"그나저나 어떻게 죽은 거래?"

"글쎄? 수술 잘 마치고 회복 중에 갑자기 심장 마비 왔다는데?"

"음? 뭣 때문에?"

"모르겠대."

"에이, 그러지 말고."

"아니… 교수님이 모르겠다고 말했다고."

물었던 남자는 '아, 그래?' 하고 민망한 듯 말을 끊었다.

"어쨌든 잡담은 그만하고 시체나 옮기자."

"잠깐, 잠깐. 마지막!"

"아, 또 뭔데?"

"근데 이 시체, 어디로 가는 거야? 달랑 한 구 옮기는 거잖아."

"글쎄… 이거 대외비인데……."

"아, 뭔데? 같이 일하는 사람끼리 왜 이러실까."

"무슨 국가 산하 연구 기관이었다. 나도 여기까지밖에 몰라."

"진짜?"

"진짜."

"에이, 알겠다."

둘은 그 말을 마지막으로 은수의 시체를 차 안으로 옮겨 실
곤 트럭에 시동을 걸었다.

트럭은 은수의 시체를 싣고 병원 밖으로 나가 머지않아 고
속도로로 진입, 이후 다시 국도로 진입했다. 그리고 그들이
연구소에 도착했을 때엔 시체가 없었다.

단지 트럭 뒷문이 우악스럽게 일그러져 있었을 뿐이다.

*　　　*　　　*

석 달이 지났다.

*　　　*　　　*

사건 이후.

한필은 뉴스를 보곤 말도 안 된다며 고개를 저었다. 그는
뉴스 보도에 대해 믿지 않기로 했다.

오보라며 뭔가 잘못됐을 거라고 믿었지만 정정 보도는
나오지 않았다. 단지 은수가 사망했다는 뉴스만 나올 뿐이

었다.

하지만 그것도 겨우 잠시, 석 달이란 시간이 지나자 한필은 은수에 대해 서서히 잊어갔다.

석 달 동안 한필은 별다른 변화 없이 생활했다. 선생으로서 아이들을 가르쳤고, 언제나 열정을 다했다.

그러던 어느 날,

"어? 한필아, 너 편지 왔다."

한필의 동료 체육 교사 박현준이 한 우편 봉투 하나를 팔랑거렸다.

"뭔데?"

"그냥 네 이름만 적혀 있다만."

"음?"

한필은 현준에게 편지 봉투를 받아 제대로 살펴봤다.

특별할 것 하나 없는 10원짜리 평범한 편지 봉투에 수취인에 한필 이름만 적혀 있다.

"뭐지?"

한필은 궁금증에 편지를 뜯었다. 그러자 웬 익숙해 보이는 수표 한 장과 편지가 보였다.

한필은 깜짝 놀라 두 개를 동시에 꺼낸 뒤 수표를 제일 먼저 살펴봤다. 1,000만 원짜리다.

'설마……?'

예전에 은수가 한필의 주머니에 몰래 1,000만 원짜리 수표를 넣어준 적이 있다. 그리고 한필과 은수는 그 수표를 가지고 우편 및 택배로 서로에게 배달했었다. 하지만 열한 번째, 결국 한필이 보낸 것을 마지막으로 은수에게 답장이 오질 않았다.

한필은 이제 수표가 오지 않는 것을 보고 끝났거니 했거늘 그 수표가 오늘에서야 다시 도착했다.

'도대체 뭐지?'

한필은 재빨리 편지를 낚아채 눈으로 훑어보곤 어이가 없다는 듯 웃음을 터뜨렸다.

"하, 하하하!"

*　　　*　　　*

사건 이후.

동일 역시 한필과 같이 뉴스에 대해 부정했지만 그것도 잠시, 은수가 사망했다는 뉴스를 보곤 포기해 버렸다.

그도 그렇게 일상으로 돌아갈 무렵, 그의 앞으로 발신인 불명의 택배 하나가 도착했다.

"뭐지?"

동일 역시 한필과 비슷한 행동을 보이곤 택배를 열었다. 그러자 그 안에는 쪽지 한 장과 반지 하나가 들어 있었다.

쪽지엔 이렇게 적혀 있었다.

내가 네 몸 가꿀 시간을 잔뜩 뺏었으니 그 시간을 매울 만큼 네
몸 상태를 호전시켜 줄 선물을 준비했다.

그리고 백금으로 만들어진 것 같은 투박한 반지 하나가 들
어 있었다.

"시간을 뺏다니? 무슨 얘기지? 그리고 이건 또 뭐래?"

동일은 편지와 함께 들어 있던 반지를 손에 꼈다.

"우오오오! 온몸에 힘이 솟는다!"

동일은 반지 낀 손을 하늘로 향해 뻗으며 외쳤다. 그러길
3초.

"…는 개뿔. 뭐야, 이건?"

동일은 한숨을 푹 내뱉었다.

"이거… 옆에서 개그 받아주는 놈 없으니 쓸쓸하네."

하늘을 올려다보는 동일.

"야, 그쪽은 살 만하냐?"

동일은 그렇게 말하곤 픽 웃었다. 그리곤 편지를 잘 접어
주머니에 넣은 후 반지는 계속 끼고 있을 심산으로 빼지 않았
다.

        *   *   *

　"안 돼!"

　주하는 TV를 끌어안고 오열했다. 소현은 그런 주하를 끌어
안고 슬피 울었다.

　"언니, 거짓말이지? 이거 오보지? 그렇지?"

　"주하야……."

　"언니, 왜 아무 말도 안 해?"

　"주하야, 진정하고."

　"언니, 이거 거짓말이지? 이거 다 몰래카메라지?"

　"주하야, 제발……."

　피주하가 소리를 질렀다.

　"거짓말하지 마! 그 사람이 왜 죽어! 왜 죽냐고! 수없이 많
은 조폭 다 때려눕히고 나 구하러 온 사람인데! 그 사람이
왜!"

　소현은 날뛰는 주하를 그저 눈물 가득한 눈으로 쳐다볼 수
밖에 없었다.

　"그 사람은 살인마 아니야! 제발… 제발 이게 다 꿈이라고
해줘! 나 아직… 그 사람 위해서 준비한 것도 못 보여줬는
데……!"

297

얼마나 서러웠는지 주하는 숨도 못 쉬고 끅끅거렸다.

"사법고시… 떡하니… 합격해서… 변호사 돼서… 그 사람
도와주려고… 했는데… 그 사람이 사라져… 버렸어. 언니, 언
니, 나 이제 어떻게 해? 난 이제…….."

소현은 그런 주하를 멍하니 보고 있다가 꽉 끌어안았다.

"주하야, 울지 마. 네가 울면 그 사람도 슬퍼할 거니까…
울지 마."

"언니, 나 죽을 것 같아……. 언니…….."

"주하야, 우리 울지 말자. 우리 더 강하게, 그 사람 몫까지
열심히 살자. 그 사람이 준 행복, 평생 잃어버리지 말자!"

　　　　　*　　　*　　　*

사건 이후.

A재단의 새로운 이사장 자리엔 김지훈이 앉았다.

힘 있는 사람이라곤 문진호 하나밖에 남질 않았는데, 그는
잔뜩 겁을 집어먹은 상태였다.

아무래도 김지훈이 은수와 한패라고 생각했던 모양이다.

김지훈은 이사장이라는 자리가 부담스러운지 잠시간 아무
일도 안 하는 듯싶었지만 그의 입맛대로 재단을 정비해 나가
기 시작했다.

아무래도 A재단은 여론을 잔뜩 타 시끄러웠고, 지훈에겐 너 역시 살인마 아니냐는 모욕까지 돌아왔지만 지훈은 아무 신경 쓰지 않고 일을 척척 잘해나갔다.

그가 벌인 정책을 예로 들자면……

경제 소득 하위 20% 계층에게 병원비 전액 무료 지원.

A재단에 속한 의사 및 간호사에게 월당 100시간 이상 의료 봉사에 강제 지원.

병원 상호 감시 체계 재정비.

회계 및 업체 선정 등 행정 투명화.

경제 소득 하위 20% 계층에게 A재단 대학교 학비 전액 무료 지원.

졸업 후 시골 및 농촌에서 10년 동안 일하겠다는 '시골 의사의 맹세'를 할 시 학비 80% 지원.

무분별한 대학 건물 증축 지양.

회계 및 행정 투명화.

위에 나열된 것은 그저 대표적인 것들일 뿐 지훈은 더욱 많은 일을 해나갔다.

이런 와중에 여론은 '사건을 묻기 위한 알량한 복지 정책'

이라며 A재단을 비판하는 기사를 내보냈지만, 이런 정책이
계속되자 여론도 점점 잠잠해졌다.

"이사장님, 이번엔……."
이번에 새로 뽑은 비서가 지훈에게 안건에 대해 브리핑을
했다. 하지만 지훈은 영 만족스럽지 않은 표정을 지었다.
"뭐 문제라도 있습니까?"
"있습니다."
"네?"
지훈은 벙 쪄 있는 비서에게 비서로서의 자세(?)에 대해 한
동안 설명했다.
비서는 한동안 강의(?)를 들은 뒤 특별히 신경 써서 브리핑
을 끝내곤 지훈에게 온 우편물을 건네줬다.
지훈은 비서에게 우편을 건네받곤 한동안 뒤적거리다 문
득 발신인 불명인 한 통의 편지를 발견했다.
"음."
지훈은 그 편지를 휙 훑어보곤 기묘한 표정을 지었다.
비서는 그런 지훈의 모습을 입사한 뒤 처음 봤기에 호기심
에 물었다.
"무슨 내용이길래 그러죠?"
"내가 그걸 왜 알려줘야 하지? 무례하군."

"죄송합니다."

그리고 한 번 더 혼났다. 과연 까다로운 이사장님이 아닐 수 없었다.

"새로운 안건이 떠올랐네. 이사회의 소집하게."

"네."

＊　　　＊　　　＊

은수가 차린 대부업 사무소는 입소문을 타고 방송까지 나오게 됐다.

덤으로 은수가 서울 및 경기 지역에 불법 사채를 싹 다 없애 버린 까닭에 수요가 폭발, 어마어마하게 많은 사람들이 몰려들었다.

소현은 그러한 사람들을 솜씨 좋게 처리(?)했고, 이후 그라민 은행—하위 20% 미만의 경제 수준의 사람에겐 초저리로 돈을 빌려주는 은행—을 모델로 사업을 크게 불렸다.

이 사업은 크게 성공해 나중에 무 아저씨와 불독 아줌마를 모델로 세운 일본 자본 대부 업체를 흡수할 정도로 거대해진다.

소현은 소위 말하는 '대부업계의 큰손'이 되었고, 진영은 소현 밑에서 '실장'이 되었다.

뭐 대부업체 실장이라고 하면 대부분 칼빵 잘 놔줄 것 같은 어감으로 들리는 게 사실이지만 실제로 업무 잘 보는 실장이 됐다.

　처음엔 진영이 컴퓨터를 다룰 줄 몰라 고생을 좀 했지만 소현이 사근사근 자세히 가르쳐 주니 잘 적응해 나갔다.

　역시나 이 둘에게도 발신인 불명의 편지가 한 통씩 배달됐다.

　둘은 그 편지를 읽고는 묘한 표정을 지었다.

*　　　*　　　*

　다시 1개월 후,

　주하가 사법고시에 합격했다.

　한필, 준영, 소현, 진영 모두가 찾아와 그녀를 축하해 줬다.

　"피주하 씨?"

　"아, 네! 접니다!"

　"꽃 배달 왔습니다."

　"네?"

　주하는 어리둥절한 표정으로 한필, 준영, 소현, 진영을 쳐다봤다. 하지만 다들 아닌 듯 어깨만 으쓱거렸다.

　"누구한테 온 거죠?"

"글쎄요. 발신인 이름이 적혀 있질 않네요."

주하는 갑자기 뭘 느꼈는지 직원을 닦달했다.

"정말 중요해서 그래요! 저, 정말 몰라요?"

"저도 잘……. 가게에 있을 때 어떤 남자 분이 오셔서 현금으로 계산하고 가셨습니다."

"남자요? 어떤 남잔데요?"

"20대 중반으로 보였는데… 검은색 후드티를 입고 계셔서 얼굴을 잘 못 봤습니다."

주하는 검은색 후드티라는 말에 문득 울음을 터뜨렸다.

*　　*　　*

최근 들어 검은 후드티를 입고 지명 수배된 범죄자들을 폭행, 살인하고 있는 무리가 있어 화제가 되고 있습니다. 그들은 인터넷에 떠도는 '검은 후드 괴담'을 듣고 거기에 반해 이러한 범죄를 저질렀다고 말하고 있으며…….

"재미가 더럽게 없는 뉴스로구만."

문진호는 리모컨을 조작해 TV 화면을 돌려 버렸다. 딱히 자기가 범죄자인 것은 아니었지만 왠지 저 뉴스를 보고 있자니 기분이 불쾌해졌다.

문진호는 TV에서 눈을 돌려 달력을 쳐다봤다.

"그나저나 이제 벌써 그 빌어먹을 놈이 죽은 지 4개월이나 됐나. 시간 참 빠르군."

이은수가 죽은 후 A재단에 저번과는 비교도 못할 정도의 후폭풍이 몰아닥쳤다. 그 탓에 A재단 자체가 무너질 뻔했으나, 새로 취임한 김지훈 이사장은 이러한 상황을 현명하게 대처해 재단을 유지했다.

그렇다고 해서 모두 좋게 끝난 건 아니었다. 김지훈 이사장은 취임한 지 얼마 지나지 않아 문진호 이사에게 사퇴를 권했다.

'쩝, 말이 사퇴지 쫓겨난 거랑 다를 바 없지.'

이후 문진호는 재단 이사장에서 사퇴, 지금은 다른 일자리를 알아보고 있었다.

"여보, 편지 왔네요."

문진호의 부인으로 보이는 여자가 문진호에게 편지 한 장을 가져다 줬다.

"누군데?"

"그건 모르겠고, 빨리 열어봐요. 어디 취직됐어요?"

"에이, 거 참. 압박 좀 그만 줘. 누가 일 안 한대?"

"누가 뭐래요? 그냥 그렇다는 거지."

문진호는 부인의 태도에 짜증이 나 편지 봉투를 우악스럽게 개봉했다. 그러자 A4 용지에 웬 괴상한 말이 적혀 있었다.

"소식은 잘 들었습니다, 문이사님. 이제부턴 착하게 사세요. 그렇지 않으면 가만 안 두겠습니다?"

문진호는 편지를 읽다가 코웃음을 쳤다.

"하이고, 어떤 미친 새끼야, 이건 또."

그러다 문득 편지 아래에 괴상하게 적힌 알파벳이 보였다. 문진호는 작게 그 알파벳을 중얼거렸다.

"*Akti… veeri… tud(발동)?*"

그러자 A4 용지가 잠시 번쩍거리더니 불이 붙었다.

화륵.

"으아아아!"

문진호는 불이 붙자마자 A4용지를 집어 던졌지만, 손에 작은 화상을 입었다.

"여보! 무슨 일이에요?"

부인은 그릇에 물을 떠와 A4 용지에 붙은 불에 뿌렸다.

"아, 아무것도 아냐."

"에이! 집안에서 무슨 불장난이에요! 손은 왜 그래요? 많이 다쳤어요?"

"벼, 별로."

"봐요!"

부인이 문진호에게 다가가 손을 보여 달라고 말했지만, 문

305

진호는 손을 가리곤 말했다.

"여보, 나 장사나 할까?"

"장사요?"

"갑자기 웬……."

"그냥."

"마음대로 해봐요. 어차피 퇴직금 나온 것 있으니까."

"그, 그래. 괜히 허튼짓했다간 좋지 않을 것 같거든."

*   *   *

사람이 찾지 않는 깊은 산속.

은수는 그곳에서 자기가 알던 사람들에게 일어나고 있는 일들을 지켜보고 있었다.

"문진호도 잘 처리됐네."

그가 주문을 읊자 그의 손바닥 위에 나타난 영상이 안개 흩어지듯 사라져 버렸다.

"아구, 그나저나 이거 사망 상태로 살기도 어렵구나."

은수는 한숨을 내뱉었다. 그럴 법도 한 게, 지금 은수는 공식 문서상으론 사망 상태로 되어 있었다. 좀 더 정확하게 말하자면 철주에게 사살된 걸로 되어 있었다.

그날, 김필창은 은수에게 살해당했고, 철주는 은수에게 총을 발포했으며, 은수는 철주를 끝장낸 직후 그 총을 맞았다.

이후 구급차가 와 은수와 김필창을 병원으로 데려갔지만, 김필창은 이송 도중 과출혈로 사망했고, 은수는 바로 수술실로 들어갔다.

결과적으로 수술은 성공적이었다. 은수가 정신을 차렸을 땐 수술이 모두 끝나 있었고, 상처 대부분이 치료되어 있었다. 하지만 그렇다고 마냥 기뻐할 순 없었다.

은수가 의식을 차리자 철주가 찾아와 상처가 완쾌되면 법의 심판대에 오를 거라고 말해줬다.

은수는 선택을 해야 했다. 상처가 나을 때까지 기다린 뒤 이 세상에 마법의 존재를 밝히고 싸움을 걸든가, 아니면 죽든가.

은수는 죽는 방향으로 선택했고, 마법을 부렸다.

"*Toonik naha(강직된 피부).*"

"*Disguise keha(시체 변장).*"

학소를 속일 때 썼던 주문과 그에 더 합해 신진대사를 극적으로 느리게 만들어 반 가사상태로 만드는 마법을 부렸다.

이후 은수는 시체 이송 차량에서 깨어났고, 거기서 탈출 바로 인근 산으로 도망쳤다.

이후 편지와 소포를 이용해 다른 사람들에게 일방적으로

선언하듯 생존을 알리긴 했지만 그게 전부였다.

"끄으응."

은수는 기지개를 쭉 펴곤 마법 책을 폈다. 넉 달간 죽어라 산에서 수련만 한 결과, 금방 마법 책 끝 페이지에 도달할 수 있었다.

"앞으로 한 장인가."

은수는 마지막에서 두 번째 장을 펼쳐 봤다.

"시간 정지라……. 재미있는 마법이네. 도전해 볼까."

은수는 길고 긴 주문과 수인을 외운 뒤 말했다.

"*Aeg stopp(시간 정지)*."

몇 번이나 실패했을까? 세는 것에 지쳐 포기했을 때쯤 마법이 성공했다.

위잉.

소리굽쇠를 때린 것 같은 소리가 남과 동시에 온 세상이 멈췄다.

지나가던 바람도, 그 바람에 놀라 몸을 떨던 잎사귀도, 지저귀는 새도, 유유히 흘러가는 구름도 모두 멈췄다. 그 안에서 오로지 은수만이 움직일 수 있었다.

"후, 이게 마지막 마법인가."

은수가 그렇게 정지된 시간 속에서 약 1분 정도 기다리자 세상이 다시 원래대로 돌아왔다.

"다 했다!"

은수는 자기가 자랑스럽다는 듯 양 볼을 팡 치곤 만세를 불렀다. 그리곤 마지막 장을 펼쳤다. 그러자 모래 위에 글자가 생겨나듯 다이아몬드 같은 그림이 그려지더니 작은 보석 하나가 생겨났다.

"뭐지?"

은수는 이게 뭔가 싶어 보고 있자니 그 그림 아래로 글자가 생겨났다.

용케 여기까지 왔네, 애송이.

네가 이 글을 읽을 때쯤이면 이미 이 책을 마스터한 뒤겠지?

시간이 없으니 짧게 적을게.

그 보석은 내 영혼을 백업해 놓은 소울 젬이야. 그걸 루핀 대륙에 있는 최고의 사제 엘비일룬에게 가져다줘.

자, 그럼 이제 준비가 다 됐으니 나도 내가 아는 제일 강력한 마법을 알려줄게.

아직 완벽하게 만들어진 마법이 아니라서, 패나 오랜 시간 동안 연구해야 할지도 몰라. 하지만 네게 주어진 시간은 몇 배로 늘어났으니 걱정은 하지 마.

마지막으로… 힘내라.

이후 편지 아래에 차원 이동에 관련된 마술과 그에 대한 이론이 빼곡히 나타났다.

　"하하, 결국 이런 거였구만? 좋아, 라피스. 기다려. 저번엔 네가 내 목숨을 구해줬으니 이번엔 내가 네 목숨을 구해주겠다."

　은수는 박수를 짝 치곤 책에 집중했다.

『돈 빌려 드립니다』 완결

귀환인! 歸還人

김동신 퓨전 판타지 소설

모든 마수의 왕 베히모스.

그의 유일한 전인 파괴의 마공작 베르키.
마계를 피로 물들이고 공포로 군림했던 그가
드디어… 꿈에 그리던 한국으로 돌아왔다.

**"친구들아,
나 권태령이 드디어 돌아왔어!"**

피로 물들었던 마계의 나날을 잊고
가족과도 같은 친구들과 지내는 생활.
그 일상을 방해하는 자들은 결코 용서치 않는다!

살기가 휘몰아치는 황금안을 깨우지 말라!
오감을 조여오는 강렬한 퓨전 판타지의 귀환!

Book Publishing CHUNGEORAM

유행이 아닌 자유추구 -
WWW.chungeoram.com

THE KNIGHTS OF SQUARE

아더왕과 각탁의 기사

홍정훈 판타지 장편 소설

『비상하는 매』의 신선함, 『더 로그』의 치열함,
『월야환담』의 생동감.

그 모든 장점을 하나로 뭉쳐 만든 **홍정훈식 판타지 팩션!**

아더왕과 원탁의 기사.

전설의 검 엑스칼리버의 가호 아래 역사에 길이 남을 대왕국을 건설한
위대한 왕과 그의 충직한 기사들.

"…난 왜 이리 조건이 가혹해?!"

그 역사의 한복판에 나타난 이질적 존재, 요타!
수도사 킬워드의 신분을 빌려 아트릭스의 영주가 되어 천재적인 지략과 위압적인 신위를 휘두르며
아더왕이 다스리는 브리타니아에 정면으로 반기를 든다!

**전설과 같이 시공을 뛰어넘어
새로운 아더왕의 이야기가 우리 앞에 나타난다!**

Book Publishing CHUNGEORAM

유행이 아닌 자유추구 -
WWW.chungeoram.com